세 마리 토끼 잡는 독서논술

A3

초1~초2

저자: 지에밥 창작연구소_

'지에밥'은 '찐 밥'이라는 뜻을 가진 순우리말로, 감주 · 막걸리 · 인절미 등 각종 음식의 재료를 뜻합니다.
'지에밥 창작연구소'는 차지고 윤기 나는 밥을 짓는 어머니의 정성처럼 좋은 내용으로 세상 모든 사람들에게 넉넉하게 쓰일 수 있는 지혜를 선물하고 싶습니다.

이 책을 쓴 지에밥 연구원들_

강영주(지에밥 창작연구소 소장, 빨간펜 논술, 기탄 국어 등 기획 개발), 김경선(동화작가 및 기획 편집자), 김혜란(동화작가, 아동문학가협회 회원), 왕입분(동화작가 및 기획 편집자), 우현옥(동화작가), 이현정(동화작가), 이혜수(기획 편집자), 이현정(동화작가 및 기획 편집자), 정성란(동화작가), 조은정(동화작가 및 기획 편집자), 최성옥(기획 편집자), 한현주(동화작가), 한화주(동화작가), 홍기운(동화작가 및 기획 편집자)

이 책을 감수한 선생님들_

권영민(서울대학교 국어국문학과 교수), 홍준의(서원대학교 과학교육과 교수), 김병구(숙명여자대학교 의사소통센터 교수), 문영진(전북대학교 국어교육과 교수), 조현일(원광대학교 국어교육과 교수), 김건우(대전대학교 국어국문학과 교수), 유호종(서울대학교 철학박사), 구자송(상암고등학교 국어 교사), 김영근(서울과학고등학교 국어 교사), 최영환(여의도고등학교 국어 교사), 구자관(한성과학고등학교 국어 교사), 윤성원(한성과학고등학교 국어 교사), 장원영(세화고등학교 역사 교사), 박영희(대왕중학교 과학 교사), 심선희(서울고등학교 과학 교사), 한문정(숙명여자고등학교 과학 교사)

세 마리 토끼 잡는 독서 논술 A3권

펴낸날 2024년 5월 15일 개정판 제12쇄
지은이 지에밥 창작연구소 | **연구원** 이자원, 박수희 | **펴낸이** 주민홍 | **펴낸곳** ㈜NE능률 | **디자인** framewalk | **삽화** 김석류(표지, 캐릭터) | **영업** 한기영, 이경구, 박인규, 정철교, 김중희, 김남준, 이우현, 정민욱 | **마케팅** 박혜선, 남경진, 허유나, 이지원, 김여진 | **주소** 서울특별시 마포구 월드컵북로 396(상암동) 누리꿈스퀘어 비즈니스타워 10층(우편번호 03925) | **전화** (02)2014-7114 | **팩스** (02)3142-0356 | **홈페이지** www.nebooks.co.kr | **출판등록** 제1-68호
ISBN 979-11-253-3079-0 | 979-11-253-3111-7 (set)

펴낸날 2012년 3월 1일 1판 1쇄
기획 개발 지에밥 창작연구소 | **디자인 기획 진행** 고정선 | **디자인** 유정아, 박지인, 이가영, 김지희 | **삽화** 오유선, 안준석, 정현정, 윤은하, 김민석, 윤찬진, 정효빈, 김승민

제조년월 2024년 5월 **제조사명** ㈜NE능률 **제조국** 대한민국 **사용 연령** 8~9세

〈세 마리 토끼 잡는 독서 논술〉을 펴내며

하루하루 성장하는 내 아이의 모습을 확인하길 바라며

프랑스의 유명한 정신 분석학자이자 철학자인 라캉은 인간이 성장한다는 것은 '상징계'에 편입되는 것이라고 말했습니다. 그가 말한 상징계란 '언어를 매개로 소통하는 체계'를 의미하는데, 우리가 살아가는 세상 혹은 사회가 바로 그것입니다. 결국 한 아이가 태어나서 정신적으로 성장하는 아동기에서 가장 중요한 것은 언어로 소통하는 능력을 키우는 일입니다. 〈세 마리 토끼 잡는 독서 논술〉은 이와 같은 점에 주목하여 기획하고 구성하였습니다.

첫째, 문자 언어를 비롯하여 그림, 도표 등 다양한 상징체계를 이해하는 과정을 통해 통합적인 언어 이해력을 키울 수 있도록 하였습니다.

둘째, 텍스트 이해력뿐만 아니라 추론 능력, 구성(표현) 능력, 비판적 사고 능력 등을 통합적으로 길러서 여러 가지 문제를 해결하는 데 실질적으로 도움이 될 수 있도록 하였습니다.

셋째, 초등 교육과정의 핵심 내용과 밀접하게 연계되도록 설계하였습니다.

부모님보다 더 훌륭한 스승은 없습니다. 〈세 마리 토끼 잡는 독서 논술〉은 부모님 이외의 다른 어떤 선생님도 필요 없습니다. 이 학습 프로그램을 통해서 하루하루 성장하는 내 아이의 모습을 확인하는 기쁨을 누리시길 바랍니다.

교재의 성격

어떤 책인가요?

하나의 주제와 관련된 다양한 글(동화, 시, 수필, 만화, 논설문, 설명문, 전기문 등)을 읽고 통합 교과적인 문제를 풀면서 감각적 언어 능력(작품의 이해와 감상)과 논리적 이해 능력(비문학의 구조, 추론, 적용 등), 국어 지식(어휘, 문법 등), 사회와 과학 내용 등을 통합적으로 익히는 독서 논술 프로그램 학습지입니다.

몇 단계, 몇 권인가요?

〈세 마리 토끼 잡는 독서 논술〉은 다음과 같이 총 5단계, 25권입니다.

단계	P단계	A단계	B단계	C단계	D단계
대상 학년	유아~초등 1년	초등 1년~2년	초등 2년~3년	초등 3년~4년	초등 5년~6년
권 수	5권	5권	5권	5권	5권

세 마리 토끼란?

'독서', '사고', '통합 교과'의 세 가지 영역을 말합니다. 즉, 한 권의 독서 논술 책으로 다양한 장르의 글을 읽을 수 있고, 논술 문제를 풀면서 사고력을 기를 수 있으며, 초등학교 주요 교과 내용과 연계된 문제를 풀면서 통합 교과 학습을 할 수 있습니다.

독서
* 각 단계에 맞게 초등학교의 주요 교과 내용을 주제로 정함.
* 각 권의 주제와 관련된 글을 언어, 사회, 과학 등으로 나누어 읽을 수 있음.

사고
* 언어, 사회, 과학 등과 관련된 다양한 장르의 글을 읽고 논술 문제를 풀면서 생각하는 능력과 생각하는 폭을 확장할 수 있음.

통합 교과
* 다양한 장르의 글을 읽고 초등학교 국어, 사회, 과학 등의 학습 내용과 관련된 문제를 풀면서 통합 교과 학습을 할 수 있음.

하루에 세 장씩 꾸준히 학습하면 세 마리 토끼를 잡을 수 있어요.

하루에 세 장씩 학습하면 한 권을 한 달에 끝낼 수 있어요.

세 마리 토끼 잡는 독서 논술 이런 점이 다릅니다

초등학교 교과 내용과 긴밀하게 연결되어 있습니다.

각 단계의 권별 내용과 문제는 그 단계에 맞는 학년의 주요 교과 내용과 긴밀하게 연결되어 교과 학습에 도움을 줍니다.

하나의 주제를 통합 교과적으로 접근합니다.

각 권마다 하나의 주제가 있고, 그 주제를 언어, 사회, 과학과 연결시켜서 사고를 확장할 수 있게 하였습니다. 그리고 여러 교과와 연계된 문제를 풀면서 통합 교과적인 사고를 할 수 있습니다.

다양한 서술·논술형 문제를 풀 수 있습니다.

매 페이지마다 통합 교과 논술 문제를 제시하여 생각하는 힘과 표현력을 키울 수 있는 것은 물론 학교 시험에서 강화되고 있는 서술 · 논술형 문제에 대비할 수 있습니다.

다양한 장르의 글을 접할 수 있습니다.

각 주제와 관련된 명작 동화, 창작 동화, 전래 동화, 설화, 설명문, 논설문, 수필, 시, 만화, 전기문 등 다양한 장르의 글을 읽으면서 각 장르의 특성을 체험하며 독서하는 습관을 기를 수 있습니다. 특히 현재 왕성하게 활동하고 있는 여러 동화 작가의 뛰어난 창작 동화가 20여 편 수록되어 있습니다.

수준 높은 그림을 많이 제시하여 흥미롭게 학습할 수 있습니다.

어린이들은 글과 그림이 조화를 이룬 책으로 공부할 때 학습 효과를 높일 수 있습니다. 또한 좋은 그림은 어린이들의 정서 발달에 도움을 줍니다. 이런 점을 생각하여 한 페이지를 넘길 때마다 수준 높은 그림을 제시하여 어린이들이 흥미롭게 학습할 수 있도록 하였습니다.

세 마리 토끼 잡는 독서논술은 이렇게 구성되었습니다

독서 전 활동 생각 열기

★ 한 주의 학습을 시작하기 전에 주제와 관련된 사진이나 그림을 보고, 앞으로 학습할 내용에 대해 흥미를 가질 수 있도록 하였습니다.

★ '생각 톡톡'의 문제를 풀면서 주제에 대한 자신의 경험이나 평소 생각을 돌이켜 보며 앞으로 학습할 내용을 짐작할 수 있도록 하였습니다.

★ 통합 교과 활동과 이어질 교과서의 연계 교과를 보며 교과 내용을 참고할 수 있도록 하였습니다.

독서 중 활동 깊고 넓게 생각하기

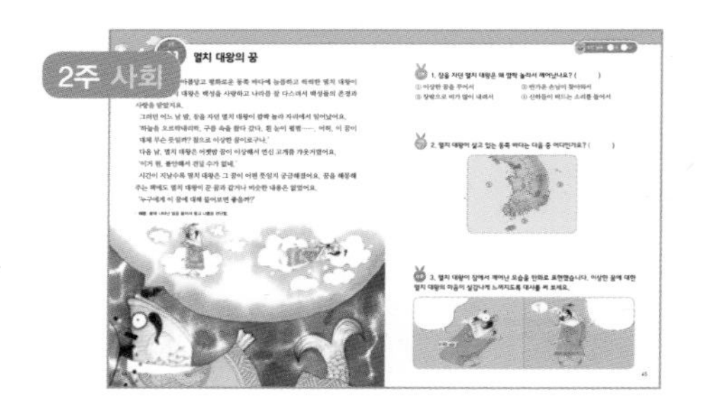

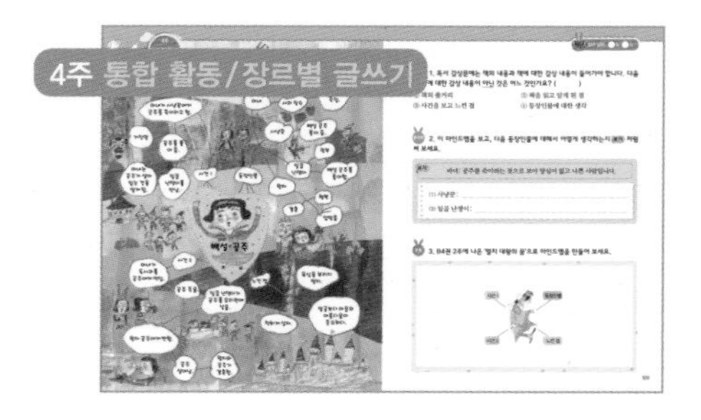

★ 한 권에 하나의 주제가 있고, 그 주제를 언어, 사회, 과학으로 나누어서 다양한 장르의 글을 읽으며 통합 교과 문제와 논술 문제를 풀 수 있도록 구성하였습니다.

★ 1주는 언어, 2주는 사회, 3주는 과학과 관련된 제재로 구성하였고, 4주는 초등 교과에서 다루고 있는 여러 가지 장르별 글쓰기(일기, 동시, 관찰 기록문, 기행문, 독서 감상문, 기사문, 논설문, 설명문, 희곡 등)와 명화 감상, 체험 학습 등의 통합 교과 활동으로 구성하였습니다.

독서 후 활동 생각 정리하기

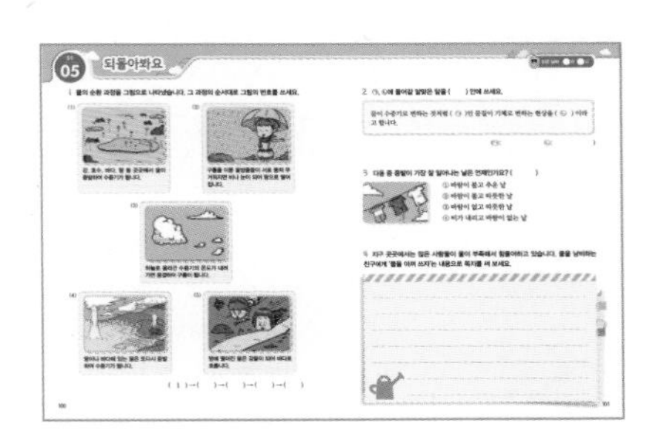

되돌아봐요

★ 앞에서 읽은 글을 돌이켜 보면서 이야기의 흐름과 중심 생각을 파악하고, 더 나아가 자신의 생각을 발전시키는 문제를 풀 수 있도록 하였습니다. 이를 통해 한 주 동안 읽고 생각한 내용을 머릿속에서 차근차근 정리할 수 있습니다.

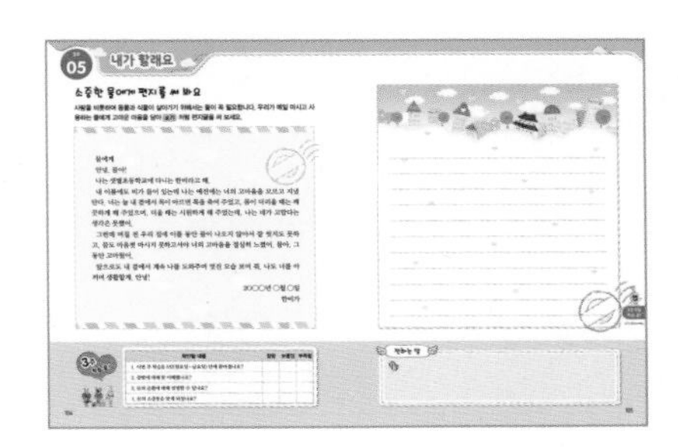

내가 할래요

★ 주제와 관련된 여러 가지 활동을 하며 한 주의 학습을 마무리할 수 있도록 하였습니다. 종이접기, 편지 쓰기, 그림 그리기 등 재미있는 활동을 하며 창의력과 상상력을 키울 수 있습니다.

★ 한 주의 학습이 끝난 다음 체크 리스트를 통해 학습한 주요 내용을 잘 이해하고 적용할 수 있는지 평가할 수 있습니다.

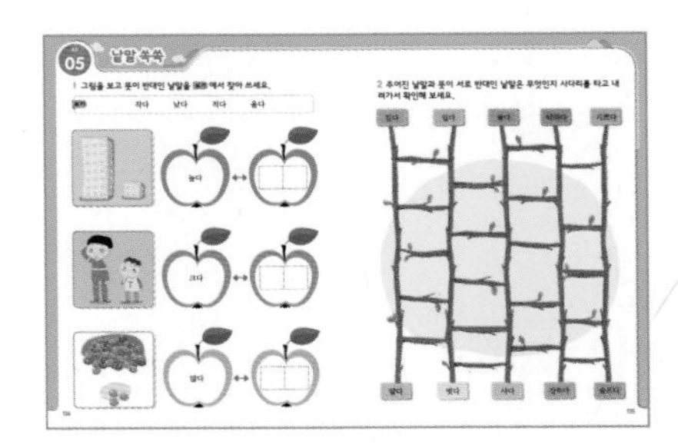

낱말 쏙쏙 (유아 P단계)

★ 한 주 동안 글을 읽으며 새로이 배운 낱말들을 그림과 더불어 살펴보고 익힐 수 있습니다.

궁금해요 (초등 A~D단계)

★ 한 주 동안 읽은 글이나 주제와 관련된 배경지식을 제공하여 앞에서 학습한 내용을 좀 더 깊이 이해할 수 있습니다.

세 마리 토끼 잡는 독서논술의 커리큘럼

단계	권	주제	제재			
			언어(1주)	사회(2주)	과학(3주)	통합 활동 장르별 글쓰기(4주)
P (유아 ~초1)	1	나의 몸 살피기	뾰족성의 거울 왕비	주먹이	구슬아, 어디로 가니?	몸 튼튼, 마음 튼튼
	2	예절 지키기	여우와 두루미	고양이가 달라졌어요	비비네 집으로 놀러 와!	안녕하세요?
	3	친구와 사귀기	하얀 토끼, 까만 토끼	오성과 한음	내 친구를 자랑합니다!	거꾸로 도깨비 나라
	4	상상의 즐거움	헤라클레스의 모험	용용 죽겠지?	나는야 좋은 바이러스	상상이 날개를 달았어요
	5	정리와 준비의 필요성	지우개야, 고마워!	소가 된 게으름뱅이	개미 때문에, 안 돼~!	색깔아, 모양아! 여기 모여라!
A (초1 ~초2)	1	스스로 하기	내가 해 볼래요!	탈무드로 알아보는 스스로 하는 힘	우리도 스스로 잘 살아요	일기를 써 봐요
	2	가족의 소중함	파랑새	곰이 된 아빠	동물들의 특별한 아기 기르기	편지를 써 봐요
	3	놀이의 즐거움	꼬부랑 할머니와 흰 눈썹 호랑이	한 번도 못 해 본 놀이	동물 친구들도 노는 게 좋대요	머리가 좋아지는 똑똑한 놀이
	4	계절의 멋	하늘 공주가 그린 사계절	눈의 여왕	나뭇잎을 관찰해요	동시를 써 봐요
	5	자연 보호	세모산 솔이	꿀벌 마야의 모험	파브르 곤충기 (송장벌레)	관찰 기록문을 써 봐요
B (초2 ~초3)	1	학교생활	사랑의 학교	섬마을 학교가 좋아졌어요	우리 반 사고뭉치 기동이	소개하는 글을 써 봐요
	2	호기심 과학	불개 이야기	시턴 "동물기" (위대한 통신 비둘기 아노스)	물을 훔쳐 간 범인을 찾아라!	안내하는 글을 써 봐요
	3	여행의 즐거움	하나의 빨간 모자	15소년 표류기	갯벌 탐사 여행	기행문을 써 봐요
	4	즐거운 책 읽기	행복한 왕자	멸치 대왕의 꿈	물의 여행	독서 감상문을 써 봐요
	5	박물관 나들이	민속 박물관에는 팡이가 산다	재미있는 세계 이야기 박물관	과학관으로 놀러 오세요	광고하는 글을 써 봐요

단계	권	주제	제재			
			언어(1주)	사회(2주)	과학(3주)	통합 활동 장르별 글쓰기(4주)
C (초3 ~초4)	1	교통의 발달	자동차의 왕, 헨리 포드	당나귀를 타려다가……	교통수단, 사람들 사이를 잇다	명화 속 교통수단
	2	날씨와 환경	그리스 로마 신화	북극 소년 피터	생활 속 과학	날씨와 생활
	3	나누며 사는 삶	마더 테레사	민들레 국숫집	지진과 화산	주장하는 글을 써 봐요
	4	지역의 자연환경	울산 바위의 유래	우리 마을이 최고야!	아름다운 우리 고장	우리 마을 지도를 그려 봐요
	5	지역의 문화	준치가 메기 된 날	강릉의 딸, 겨레의 어머니 신사임당	우리나라 풀꽃 이야기	지역 특산물을 소개해 봐요
D (초5 ~초6)	1	우리 역사	삼국유사	옛날 사람들은 어떻게 살았을까?	역사를 바꾼 겨레 과학	지붕 없는 박물관, 경주 역사 유적 지구
	2	문화재	반야산 불상의 전설	난중일기	우리 문화에 숨어 있는 과학	설명하는 글은 어떻게 쓸까요?
	3	경제생활	탈무드로 만나는 경제	나눔을 실천한 기업가 유일한	재미있는 확률 이야기	기사문은 어떻게 쓸까요?
	4	정보화 사회	컴퓨터 천재 빌 게이츠	봉수와 파발	컴퓨터와 인터넷 세상	연설문은 어떻게 쓸까요?
	5	세계와 우주	우주를 여행하는 과학자 스티븐 호킹	80일간의 세계 일주	별과 우주	희곡은 어떻게 쓸까요?

세 마리 토끼 잡는 독서 논술 이렇게 공부하세요

자신 있게 학습할 수 있는 단계를 선택하세요.

〈세 마리 토끼 잡는 독서 논술〉은 어린이 개인의 능력에 따라 단계를 선택하여 학습할 수 있는 교재입니다. 학년과 상관없이 자신이 자신 있게 학습할 수 있는 단계부터 선택하는 것이 중요합니다. 너무 어려운 단계나 너무 쉬운 단계를 선택하면 학습에 흥미를 잃을 수 있으므로 주의하세요.

한 주 동안 읽어야 할 독서 자료를 미리 읽으세요.

한 주 동안 읽어야 할 독서 자료를 미리 읽고 전체 내용을 파악한 다음, 매일 3장씩 읽고 문제를 푸는 것이 독서 학습을 하는 데 효과적입니다. 독서에는 흐름이 있습니다. 전체의 흐름을 미리 알고 세부적인 문제를 푸는 것이 사고력 확장에 도움이 됩니다.

매일 3장씩 꾸준히 공부하세요.

'가랑비에 옷이 젖는다.'라는 속담처럼 매일 꾸준히 3장씩 읽고, 생각하고, 표현하다 보면 독서, 사고, 통합 교과적 사고 능력이 성장한다는 것을 느낄 수 있을 것입니다. 그리고 매일 학습을 마친 뒤에는 '1일 학습 끝!' 붙임 딱지를 붙이면서 성취감을 느껴 보세요.

한 주 학습을 마친 후 자기 평가를 해 보세요.

한 주 학습이 끝난 다음에는 체크 리스트를 통해 학습한 내용을 얼마나 이해하고 적용할 수 있는지 스스로 평가해 보세요. 그래서 부족한 부분이 있다면 다시 한번 짚고 넘어가세요.

부모님과 깊이 있는 대화를 나누어 보세요.

한 주 동안 독서 자료를 읽고 문제를 풀면서 생각하고 표현해 보았다면, 그 주제에 대해 부모님과 이야기를 나누어 보세요. 주제에 대해 자신이 새롭게 알게 된 것이나 다르게 생각하게 된 것을 부모님과 이야기하다 보면 생각이 더욱 커진답니다.

한 주 학습표

일	월	화	수	목	금	토

★ 한 주 동안 읽어야 할 독서 자료 미리 읽기

★ 매일 3장씩 학습하기 → '1일 학습 끝!' 붙임 딱지 붙이기 → 한 주 학습이 끝나면 체크 리스트를 보며 평가하기

★ 부족한 부분 되짚기
★ 주요 내용 복습하기

세 마리 토끼 잡는 독서 논술

주제	주	제목	교과 연계 내용
놀이의 즐거움	언어(1주)	꼬부랑 할머니와 흰 눈썹 호랑이	[국어 1-1] 받침이 있는 글자 읽기
			[국어 1-2] 상상하며 이야기 듣고 표현하기 / 소리와 모양 흉내 내는 말 바르게 읽기
			[국어 2-1] 뜻이 반대인 낱말, 토박이말 알기 / 말의 재미를 느끼며 다양한 말놀이하기 / 인물의 마음을 상상하며 이야기 읽기
			[국어 3-1] 이야기를 읽고 느낌 나누기
			[통합교과 봄1] 생명의 소중함 알기
			[통합교과 여름1] 가족의 소중함 알기 / 우리 집 살피기 / 친척을 부르는 말 알기
	사회(2주)	한 번도 못 해 본 놀이	[국어 2-1] 인물의 마음을 상상하며 읽기
			[국어 3-2] 인물에게 알맞은 표정, 몸짓, 말투를 생각하며 작품 감상하기
			[수학 1-2] 물체, 무늬, 수 배열에서 규칙 찾기 / 자신이 정한 규칙에 따라 배열하기
			[수학 3-1] 주변에 있는 평면도형 찾기 / 길이와 시간 비교하기
			[통합교과 봄1] 규칙을 지켜 친구와 놀기 / 자연물을 이용하여 봄놀이하기
			[통합교과 여름1] 가족과 여러 가지 놀이하기
			[안전한 생활] 친구들과 즐겁고 안전하게 놀기
			[통합교과 겨울2] 지구촌 다른 나라의 다양한 문화 알기
	과학(3주)	동물 친구들도 노는 게 좋대요	[국어 1-2] 동물의 소리와 모양을 흉내 내는 말 바르게 읽기 / 중요한 내용을 확인하며 읽기
			[과학 3-1] 동물의 성장 과정 익히기
			[통합교과 봄1] 규칙을 지켜 친구와 놀기 / 생명의 소중함 알기
			[통합교과 여름1] 가족의 소중함 알기 / 집에서 기를 수 있는 동물과 식물 알기
	통합 활동(4주)	머리가 좋아지는 똑똑한 놀이	[국어 2-1] 말의 재미를 느끼며 여러 가지 말놀이하기
			[수학 1-1] 여러 가지 모양 알기 / 한 자리 수와 두 자리 수의 덧셈하기와 뺄셈하기
			[수학 2-1] 세 자리 수 알기 / 여러 가지 방법으로 덧셈하기와 뺄셈하기
			[수학 3-1] 여러 가지 평면도형 알기
			[통합교과 봄1] 규칙을 지켜 친구와 놀기
			[통합교과 여름1] 가족과 여러 가지 놀이하기

꼬부랑 할머니와 흰 눈썹 호랑이

생각톡톡 호랑이가 나오는 옛이야기를 아는 대로 써 보세요.

관련교과
[국어 1-2] 상상하며 이야기 듣고 표현하기 / 소리와 모양 흉내 내는 말 바르게 읽기
[국어 2-1] 뜻이 반대인 낱말, 토박이말 알기 / 말의 재미를 느끼며 다양한 말놀이하기
[국어 3-1] 이야기를 읽고 느낌 나누기

꼬부랑 할머니와 흰 눈썹 호랑이

아주 오랜 옛날 깊은 산골에 흰 눈썹 호랑이가 살았어.
이 호랑이는 얼마나 오래 살았던지
눈썹 *터럭이 눈처럼 희고, 사람처럼 말도 잘했지.
그러던 어느 날, 배부르게 먹은 호랑이가
무슨 재미있는 일이 없나 하며 산자락을 내려다보았어.
때마침 웬 *꼬부랑 할머니가 꼬부랑 고갯길을 *꼬부랑꼬부랑
넘어가는 것이 보였지.

꼬부랑 할머니가 꼬부랑 고갯길을 꼬부랑꼬부랑 넘어가고 있네.
꼬부랑꼬부랑 꼬부랑꼬부랑 고개는 열두 고개, 고개를 넘어간다.

"옳지, 잘됐다! 오늘은 저 꼬부랑 할머니랑 좀 놀아 봐야겠다."
심심했던 호랑이는 휙휙 내달려 꼬부랑 할머니 앞까지 갔지.

* **터럭**: 사람이나 길짐승의 몸에 난 길고 굵은 털.
* **꼬부랑**: 꼬불꼬불하게 휘어짐.
* **꼬부랑꼬부랑**: 여러 군데가 안으로 휘어들어 곱은 모양. 또는 허리나 등을 자꾸 고부리는 모양.

1. 다음 보기 에서 설명하는 동물의 이름을 쓰세요.

보기
- 고양잇과의 포유류이며, 몸의 길이는 2미터 정도이다.
- 등은 누런 갈색이고 검은 가로무늬가 있으며, 배는 희다.
- 사슴이나 멧돼지, 토끼 등을 주로 먹으며 움직임이 매우 빠르다.

( )

언어 **2. 밑줄 친 말 가운데 보기 와 같이 모양을 흉내 낸 말이 아닌 것은 무엇인가요? ( )**

보기 할머니가 고갯길을 꼬부랑꼬부랑 넘어가고 있네.

① 청개구리가 폴짝폴짝 뛰었습니다.
② 신이 나서 덩실덩실 춤을 추었습니다.
③ 우리 반 아이들은 재잘재잘 떠들었습니다.

논술 **3. 배가 부른 흰 눈썹 호랑이는 심심했습니다. 심심할 때 어떤 일을 하면 좋을지 생각하여 보기 와 같이 써 보세요.**

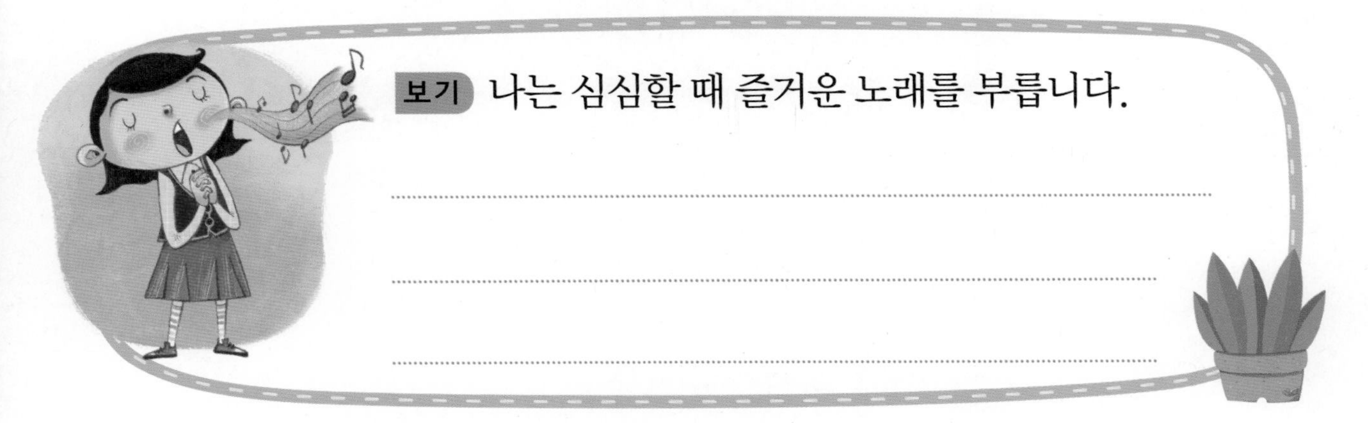

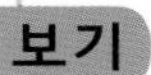

"꼬부랑꼬부랑! 고개는 모두 열두 고개!
내기에서 날 이겨야 고개를 넘어가지, 어흥!"
흰 눈썹 호랑이는 노래를 흥얼거리듯 신이 나서 말했어.
꼬부랑 할머니는 호랑이 그림자를 보고 호랑이 소리를 듣고서야,
*갸웃이 고개를 들었지.
하지만 놀라는 눈치가 아니야. 그래서 호랑이는 약간 당황했어.
"좋다, 그래. 무슨 내기든 얼른 하자.
해 지기 전에 열두 고개 다 넘어 *손주를 만나러 가야 하거든."
할머니는 *고쟁이에서 눈깔사탕 하나를 꺼내 오물거리며 대꾸했지.
"아침에는 네 발, 점심에는 두 발, 저녁에는 세 발인 것은?"
호랑이가 묻자, 할머니는 눈깔사탕을 쪽쪽 빨며 심드렁하게 대답했어.
"뭐긴, 뭐야. 사람이지!"

* **갸웃이**: 고개나 몸 따위를 한쪽으로 기울이는 모양.
* **고쟁이**: 한복에 입는 여자 속옷의 하나.
* **손주**: 손자와 손녀를 아울러 이르는 말.

과학 탐구 1. 할머니는 호랑이 그림자를 보았습니다. 다음 그림 중 해의 위치에 따른 그림자의 위치가 잘못된 것은 어느 것인가요? (   )

①

② 

③ 

언어 2. 호랑이가 낸 첫 번째 문제의 답은 '사람'이었습니다. 그 까닭이 무엇일지 생각하며 알맞은 그림을 줄로 이으세요.

(1) 아침에는 네 발인 것 • • ㉠ 

(2) 점심에는 두 발인 것 • • ㉡ 

(3) 저녁에는 세 발인 것 • • ㉢ 

논술 3. 할머니는 눈깔사탕을 쪽쪽 빨며 대답했습니다. 여러분이 좋아하는 간식은 무엇인지 써 보세요.

나는 아이스크림을 좋아해요!

꼬부랑 할머니를 얕잡아 보았다가 첫 번째 고개를 내주자
흰 눈썹 호랑이는 조금 얼떨떨하였지.
그사이 꼬부랑 할머니는 한 고개를 후딱 넘었고 말이야.
흰 눈썹 호랑이도 얼른 한 고개를 따라 넘고는 말했어.
"이번에는 어려울 것이다."
그러고는 곰곰이 생각하더니 말했지.
"열 받으면 부글부글 끓는 자, 해와 함께 나왔다 구름과 함께 들어가는 자,
공부 끝에 웃는 자는 각각 무슨 자일까?"
꼬부랑 할머니는 눈깔사탕을 쪽쪽 빨며 대답했어.
"열 받으면 부글부글 끓는 자는 주전자요, 해와 함께 나왔다
구름과 함께 들어가는 자는 그림자, 공부 끝에 웃는 자는 합격자겠지."

* **얕잡다**: 남의 재주나 능력 따위를 실제보다 낮추어 보아 하찮게 대하다.
* **합격자**: 시험, 검사, 심사 등에서 일정한 조건을 이루어 어떠한 자격이나 지위를 딴 사람.

1주 1일 학습 끝!

붙임 딱지 붙여요.

언어 1. 이 글에 나온 낱말 외에 '자'라는 글자로 끝나는 낱말은 또 무엇이 있는지 써 보세요.

언어 2. 이 글에 나온 보기 와 같은 문제를 무엇이라고 하나요? (　　　)

보기 열 받으면 부글부글 끓는 자,
해와 함께 나왔다 구름과 함께 들어가는 자,
공부 끝에 웃는 자는 각각 무슨 자일까?

① 속담　　② 편지　　③ 수수께끼

논술 3. 꼬부랑 할머니는 호랑이가 낸 문제를 쉽게 맞혔습니다. 이때 호랑이가 어떤 생각을 했을지 상상하여 써 보세요.

흰 눈썹 호랑이는 기가 막혔지. 그야말로 *어처구니없는 일이었어.
오랜 세월 *숱한 사람과 말 겨루기를 했지만 이렇게 연달아 진 적이 없었거든.
한양에 *과거 보러 가는 선비도, 힘이 장사인 사람도,
말재주라면 남부럽지 않은 이야기꾼도 호랑이를 마주하면 그대로 얼어붙었지!
잡아먹힐까 봐 무서워하며 몸도 입도 꽁꽁 얼었어.
그런데 이도 몇 개 없는 꼬부랑 할머니에게 당하다니!
산중의 왕, 열두 굽이 계곡의 주인 *체면이 말이 아닌 거야.
흰 눈썹 호랑이는 몸을 부르르 떨며 이를 부드득 갈았어.
"두고 봐라. 아주 어려운 문제를 낼 테니."
그새 꼬부랑 할머니는 또 한 고개를 후딱 넘었어.
호랑이도 꼬부랑 할머니를 따라 두 번째 고개를 넘어갔지.

* **어처구니없다**: 일이 너무 뜻밖이어서 기가 막히는 듯하다.
* **숱하다**: 아주 많다.
* **과거**: 고려와 조선 시대에 관리를 뽑을 때 실시하던 시험.
* **체면**: 남을 대하기에 떳떳한 도리나 얼굴.

1. 이 글에서 호랑이는 왜 어처구니없었나요? (　　　　)

① 말 겨루기에서 호랑이를 이기는 사람이 없어서

② 말 겨루기에서 꼬부랑 할머니에게 연달아 져서

③ 말 겨루기에서 꼬부랑 할머니에게 연달아 이겨서

2. 호랑이의 생김새와 특징에 대해 보기 와 같이 써 보세요.

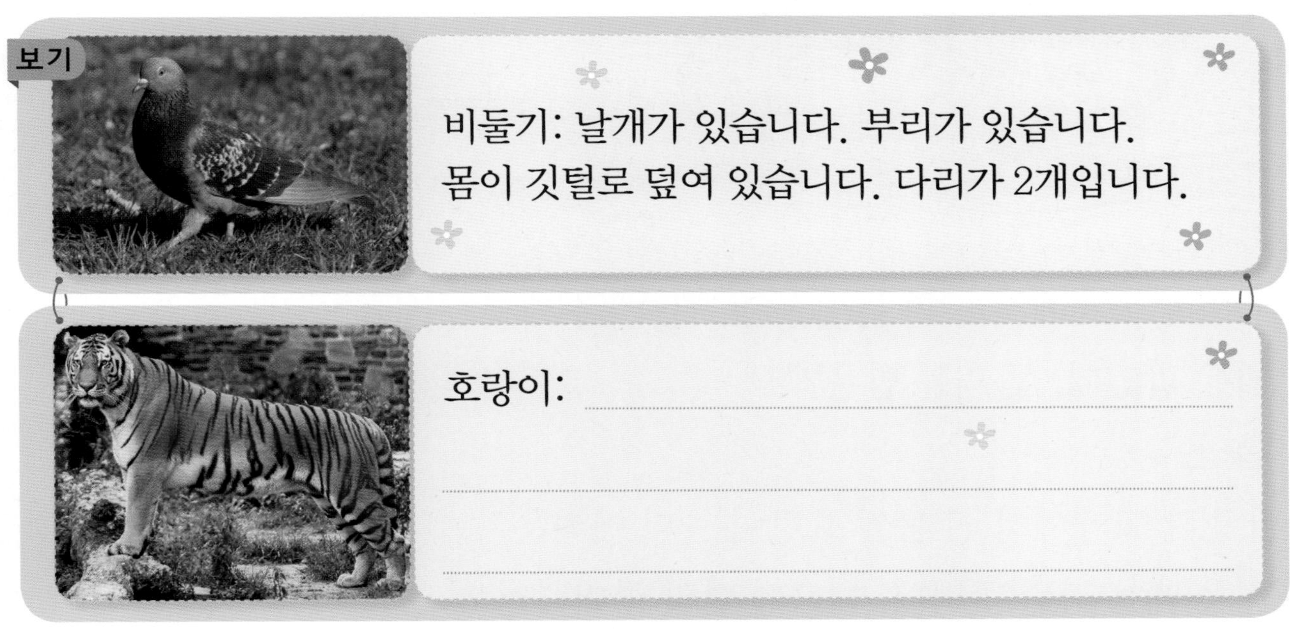

논술 **3. 흰 눈썹 호랑이가 "두고 봐라. 아주 어려운 문제를 낼 테니."라고 한 것으로 미루어 보아, 호랑이의 성격은 어떠할지 생각하여 보기 처럼 써 보세요.**

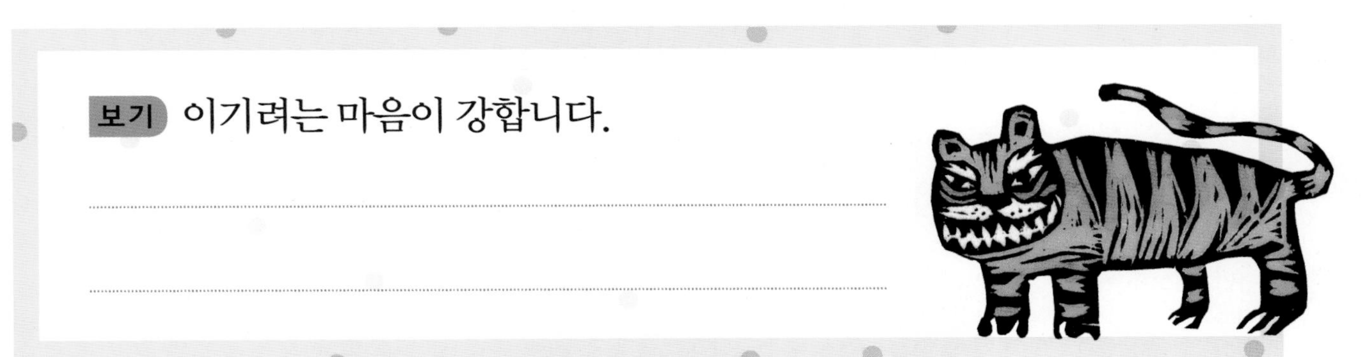

세 번째 고개에서도 흰 눈썹 호랑이는 수수께끼 문제를 냈지.

"밥은 밥인데, 못 먹는 밥은?"

"*톱밥."

네 번째 고개에서 흰 눈썹 호랑이는 더 어려운 수수께끼를 냈어.

"젊을 때는 파란 주머니, 늙으면 빨간 주머니인 것은?"

"고추."

다섯 번째 고개에 도착한 호랑이는 눈썹을 *씰룩거리며 물었지.

"때려야 오래 사는 것은?"

"*팽이."

여섯 번째 고개에서 호랑이는 씩씩거리며 문제를 외쳤어.

"머리를 풀고 하늘로 올라가는 것은?"

"그것도 몰라? 연기지, 뭐야."

* **톱밥**: 톱으로 켜거나 자를 때에 나무에서 쓸려 나오는 가루.
* **씰룩거리다**: 근육의 한 부분이 자꾸 기울어지게 움직이다.
* **팽이**: 둥글고 짧은 나무의 한쪽 끝을 뾰족하게 깎아서 쇠구슬 같은 심을 박아 만든 장난감.

언어 1. 보기 와 같이 그림에 있는 것의 이름을 글에서 찾아 쓰세요.

보기 (톱밥)

(1) 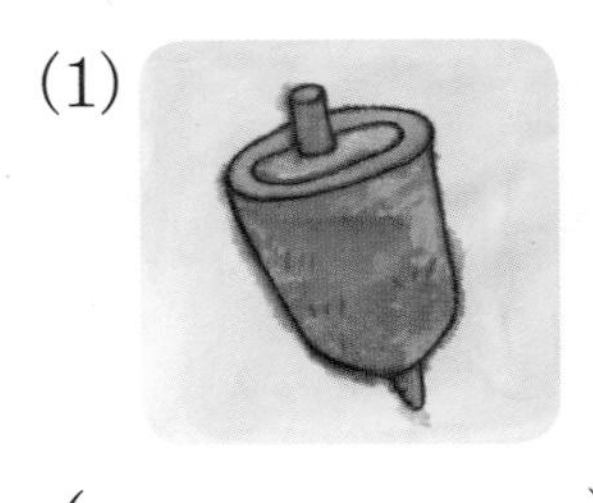 (   )

(2) 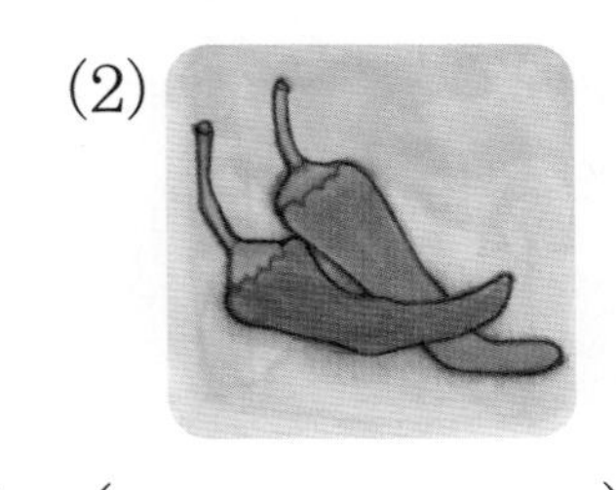 (   )

(3)  (   )

과학 탐구 2. 팽이는 중심축을 가지고 도는 회전 운동을 합니다. 팽이와 비슷한 원리를 가진 놀이는 무엇일까요? (   )

① 

요요

② 

정글짐

③ 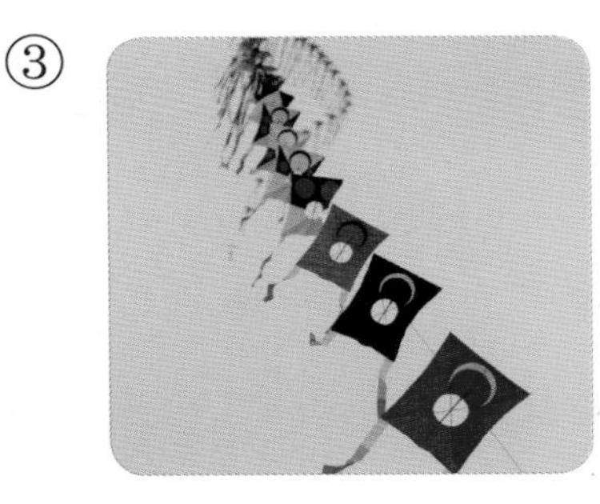

연날리기

논술 3. 여러분이 호랑이라면 어떤 수수께끼 문제를 낼 수 있을까요? 보기 처럼 재미있는 문제를 내 보세요.

보기 밥은 밥인데 못 먹는 밥은? 톱밥

일곱 번째 고개에서 흰 눈썹 호랑이는 또 꼬부랑 할머니를 가로막았어.

"어흥! 좋아, 그렇다면 이번엔 끝말잇기다!

끝말잇기에서 이기면 안 잡아먹지! 내가 먼저, *수달!"

"달팽이!"

할머니는 가소롭다는 듯, 조금도 망설이지 않고 대답했어.

"이사!"

끝말잇기는 좀처럼 끝날 줄을 몰랐어. 호랑이도 이번엔 자신 있었지.

"등산!"

"*산기슭!"

꼬부랑 할머니가 '산기슭'이라고 하자 호랑이는 눈앞이 깜깜했어.

아무래도 '슭'으로 시작하는 낱말이 떠오르지 않았거든.

호랑이가 억울해서 우는 사이, 할머니는 또 한 고개를 넘어갔지.

* **수달**: 족제빗과의 포유류. 몸길이는 60~80센티미터, 짧은 네발에 물갈퀴가 있어 헤엄을 잘 침. 천연기념물 제330호.
* **산기슭**: 산의 비탈이 끝나는 아랫부분.

언어 1. 흰 눈썹 호랑이와 꼬부랑 할머니는 끝말잇기를 오랫동안 했습니다. '이사'라는 낱말을 이어서 끝말잇기를 해 보세요.

붙임 딱지 붙여요.

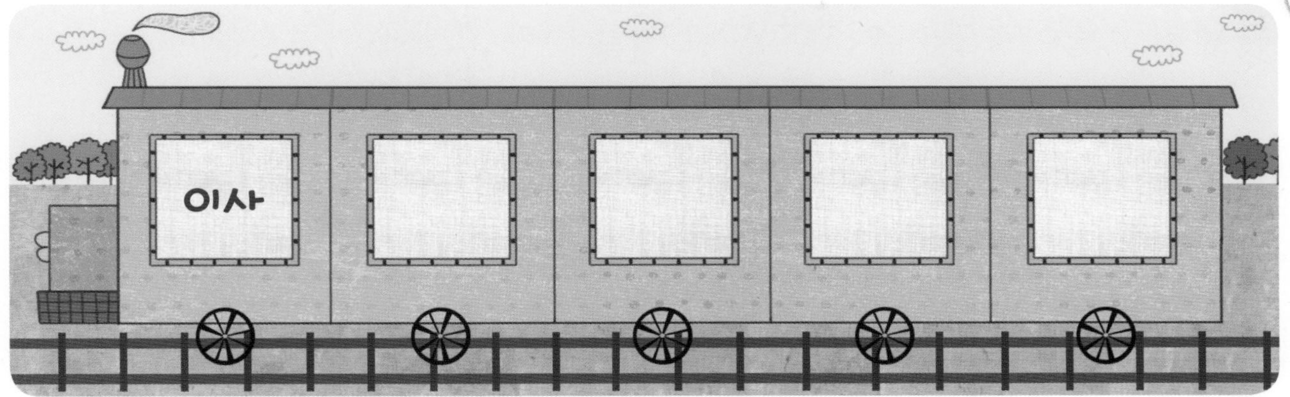

과학탐구 2. 끝말잇기에서도 진 흰 눈썹 호랑이는 눈물을 흘렸습니다. 눈물에 대한 설명으로 맞으면 ○표, 틀리면 ×표 하세요.

(1) 짠맛이 납니다. (　　　)

(2) 눈물샘에서 나옵니다. (　　　)

(3) 아프거나 슬픈 일이 있을 때에만 나옵니다. (　　　)

논술 3. 흰 눈썹 호랑이는 할머니와 내기를 계속해야 할까요? 여러분의 의견에 ○표 하고, 그렇게 생각한 까닭도 함께 써 보세요.

(1) 나의 의견 : 흰 눈썹 호랑이는 내기를 (계속해야, 그만해야) 한다.

(2) 그 까닭 : ....

'어쩐다? 이러다 열두 고개를 다 넘고 말겠어!
또 지면 어쩌지? 그렇다고 중간에 그만둘 수도 없고.'
흰 눈썹 호랑이가 *울며 겨자 먹기로 여덟 번째 고개에 이르렀을 때,
꼬부랑 할머니가 휙 돌아서더니 이러지 뭐야.
"내기를 무척 좋아하는 모양인데, 그럼 나랑 말꼬리 잇기를 한판 할 테냐?
대신 내가 이기면 열두 고개 너머 사는 손자한테 나를 태워다 줘야 해."
꼬부랑 할머니가 무릎을 치며 끙 앓는 소리를 내더니 바위 턱에 앉았지.
호랑이는 잠깐 망설이다 이를 부드득 갈며 대답했어.
"좋아! 대신 내가 이기면 한입에 꿀꺽 삼켜 버릴 테다."
호랑이는 마지막으로 한 판만 더 겨루어 보리라 마음먹은 거야.
"이기고 지는 것은 겨루어 봐야 알지."
꼬부랑 할머니가 대꾸했지.

* **울며 겨자 먹기:** 맵다고 울면서도 겨자를 먹는다는 뜻으로, 싫은 일을 억지로 마지못하여 함을 비유적으로 이르는 말.

언어 **1. 다음 흰 눈썹 호랑이의 말에서 알 수 있는 호랑이의 마음으로 알맞으면 ○표, 알맞지 않으면 ×표 하세요.**

어쩐다? 이러다 열두 고개를 다 넘고 말겠어!
또 지면 어쩌지? 그렇다고 중간에 그만둘 수도 없고.

(1) 계속 이길 수 있을 것 같아 자신만만합니다. (　　　)

(2) 그만두고 싶지만, 체면 때문에 그만둘 수 없습니다. (　　　)

(3) 열두 고개를 넘는 동안 계속 지게 될까 봐 불안합니다. (　　　)

사회 탐구 **2. '손자'는 할머니와 어떤 관계에 있는 사람인가요? 다음 그림에서 할머니의 손자는 누구인지 알맞은 그림에 ○표 하고, 빈칸에 들어갈 알맞은 말을 써 보세요.**

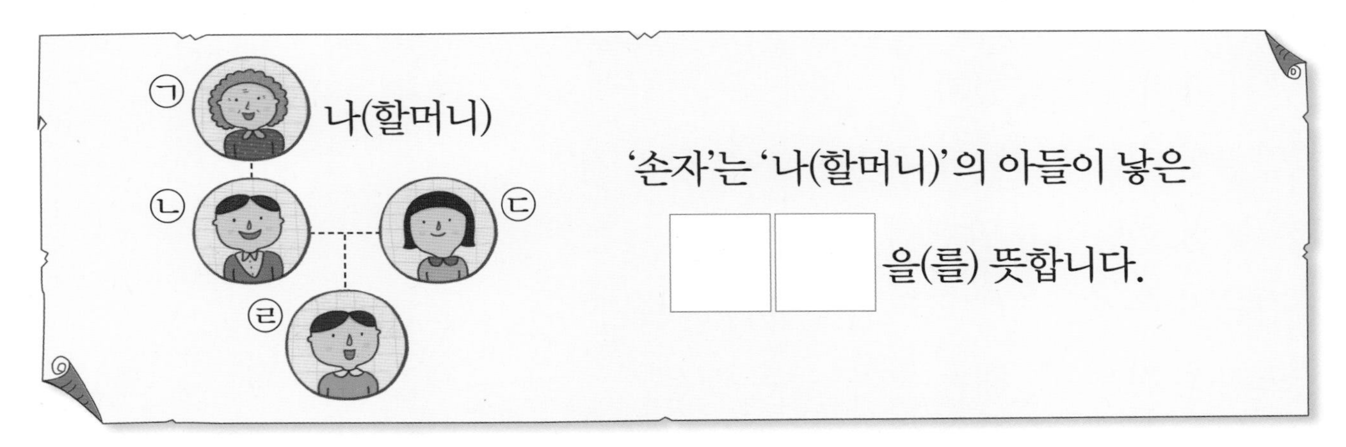

논술 **3. 다음은 말꼬리 잇기의 결과에 대한 표입니다. 빈칸에 들어갈 알맞은 내용을 써 보세요.**

흰 눈썹 호랑이가 이긴 경우	꼬부랑 할머니가 이긴 경우
호랑이가 할머니를 잡아먹습니다.	

“곶감은 말랑해. 말랑한 건?”
먼저 할머니가 말했지.
“말랑한 건 고무신. 고무신은 검어. 검은 건?”
흰 눈썹 호랑이가 말했어.
“검은 것은 숯*. 숯은 뜨거워. 뜨거운 것은?”
“뜨거운 것은 해. 해는 높아. 높은 것은?”
“높은 것은…….”
이게 웬일이야? 자신만만하던 꼬부랑 할머니가 멈칫하지 뭐야.
흰 눈썹 호랑이는 옳거니 했어. 그리고 입을 커다랗게 벌리고
단번에 꼬부랑 할머니를 잡아먹으려 했지. 바로 그때야.
“높은 것은 부모님. 부모님은……, 그립다. 그리운 것은?”
꼬부랑 할머니가 울먹울먹, 꿍얼꿍얼 말을 이었지.

* 숯: 나무를 숯가마에 넣어 구워 낸 검은 덩어리의 연료.

언어 1. 밑줄 친 말과 뜻이 반대인 말을 찾아 색칠해 보세요.

(1) 숲은 뜨거워. ⟷ 더워 / 따뜻해 / 차가워

(2) 해는 높아. ⟷ 넓어 / 낮아 / 깊어

과학탐구 2. 숯은 우리 주변에서 여러 가지로 활용되고 있습니다. 다음 중 숯의 쓰임새로 알맞지 않은 것은 무엇일까요? (   )

① 전자파를 막아 줍니다.

② 습기를 많이 내보냅니다.

③ 좋지 않은 냄새를 빨아들입니다.

논술 3. 여러분이 말꼬리 잇기 놀이를 한다면 어떻게 대답할 수 있을까요? 이 글에 나온 보기 의 밑줄 친 낱말들을 어울리는 다른 낱말로 바꾸어 써 보세요.

보기

- 검은 것은 숯
- 뜨거운 것은 해
- 높은 것은 부모님

→

(1) 검은 것은 ________

(2) 뜨거운 것은 ________

(3) 높은 것은 ________

"그리운 것은……, 그리운 것은……."
이어받은 흰 눈썹 호랑이도 울먹울먹 꿍얼꿍얼하였어.
호랑이 눈썹이 아직 검던 시절, 사냥꾼에게 잡혀간 부모님 생각이 난 거야.
꼬부랑 할머니도 돌아가신 부모님 생각이 나서
울먹울먹 꿍얼꿍얼했던 거였지.
"그리운 것은 부모님. 한 번만 다시 볼 수 있다면……."
"그래, 한 번만 다시 볼 수 있다면……."
흰 눈썹 호랑이와 꼬부랑 할머니는 그리운 부모님을 떠올리며
서로 마주 보았어. *이심전심 마음이 통했지.
"아이고, 아버지! 아이고, 어머니!"
둘은 서로 부둥켜안고 등을 토닥토닥하였어.
"그래, 그래! 네 맘 다 안다."

* **이심전심**: 마음과 마음으로 서로 뜻이 통함.

붙임 딱지 붙여요.

언어 **1. 흰 눈썹 호랑이와 꼬부랑 할머니가 울고 있는 까닭을 바르게 말한 친구는 누구인가요? (　　　　)**

①
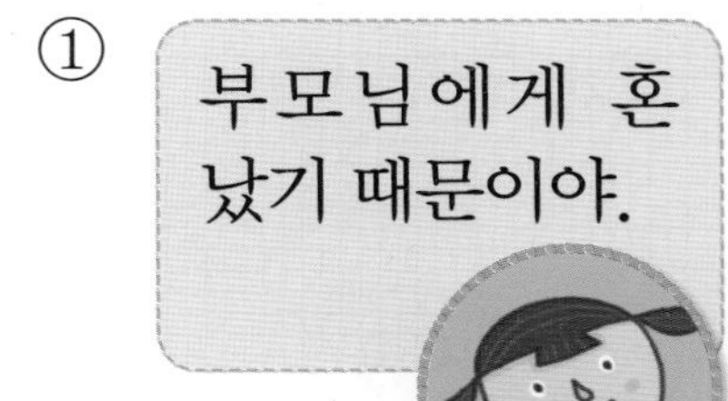

② 내기에 이긴 것이 기뻤기 때문이야.

③ 그리운 부모님이 생각났기 때문이야.

2. 흰 눈썹 호랑이와 꼬부랑 할머니가 이심전심 마음이 통한 것은 무엇 때문인가요? (　　　　)

① 부모님의 이름이 같아서

② 부모님이 돌아가신 시기가 비슷해서

③ 부모님을 그리워하는 마음이 비슷해서

논술 **3. 흰 눈썹 호랑이와 꼬부랑 할머니는 그리운 부모님을 떠올렸습니다. 여러분은 어떤 때 부모님 생각이 났는지 보기 와 같이 써 보세요.**

보기 백화점에서 사람들에게 밀려 잠깐 엄마를 놓쳤을 때, 깜짝 놀랐고 엄마가 보고 싶었습니다.

어느새 서쪽 산 너머로 해가 뉘엿뉘엿 지고 있었어.
흰 눈썹 호랑이가 납작 엎드리더니 말했어.
"할멈, 어서 내 등에 타!"
꼬부랑 할머니는 고개를 저으며 *손사래를 쳤지.
"아니, 됐어. 내가 이긴 것도 아닌걸."
흰 눈썹 호랑이가 말했지.
"이제나 올까, 저제나 올까 걱정할 자식들 생각도 해야지."
꼬부랑 할머니는 그제야 호랑이 등에 올라탔지.
그리고 호랑이의 목을 끌어안자 호랑이는 바람처럼 달리기 시작했어.
"어디만큼 왔니?"
"아직, 아직 멀었다. 세 고개 남았다."

* **손사래**: 어떤 말이나 사실을 아니라고 하거나 남에게 조용히 하라고 할 때 손을 펴서 휘젓는 일.

언어 **1. 흰 눈썹 호랑이가 할머니에게 납작 엎드려 등을 내민 까닭을 바르게 나타낸 말은 무엇인가요? (　　　)**

① 다시 내기를 하시오.
② 내가 내기에서 이겼으니 내 마음대로 하겠소.
③ 이기고 지는 것은 상관없으니 기다리는 자식들을 생각하시오.

2. 이 글의 이야기는 언제 일어난 것일까요? (　　　)

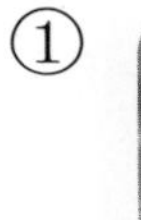
① 
아침

② 
낮

③ 
저녁

논술 **3. 흰 눈썹 호랑이가 내기를 포기하고 꼬부랑 할머니를 업고 고개를 넘은 까닭은 무엇일까요? 이야기의 흐름을 생각하여 써 보세요.**

"어디만큼 왔니?"

"아직, 아직 멀었다. 두 고개 남았다."

"어디만큼 왔니?"

"아직, 아직 멀었다. 한 고개 남았다."

"어디만큼 왔니?"

"이제, 이제 다 왔다. 그런데 집은 어디지?"

흰 눈썹 호랑이는 꼬부랑 할머니에게 물었어.

꼬부랑 할머니는 멀리 보이는 *초가를 가리켰지.

흰 눈썹 호랑이는 꼬부랑 할머니를 얼른 그 집 앞까지 태워다 주었어.

"얼른 들어가 보오."

꼬부랑 할머니는 눈깔사탕 하나를 꺼내 호랑이에게 내밀었어.

"심심할 때 오물오물하면 심심하지 않다고."

* **초가**: 풀로 지붕을 인 집.

언어 **1. (　　) 안에 들어갈 알맞은 낱말을 보기 에서 찾아 쓰세요.**

보기 　아직　　이제　　얼른

(1) (　　　　　) 다 왔니?

(2)  숙제를 (　　　　　) 다 못 했니?

(3)  (　　　　　) 서둘러라. 문 닫을 시간이야.

사회 탐구 **2. 꼬부랑 할머니는 호랑이에게 멀리 보이는 초가를 가리켰습니다. 다음 중 '초가'를 나타낸 사진을 찾아 ○표 하세요.**

(1) 

(　　)

(2) 

(　　)

(3) 

(　　)

논술 **3. 꼬부랑 할머니가 흰 눈썹 호랑이에게 눈깔사탕을 준 까닭은 무엇일까요? 사탕을 왜 주었을지 여러분의 생각을 써 보세요.**

그 뒤로 흰 눈썹 호랑이는 심심할 때면 눈깔사탕을 오물오물하였어.
괜히 지나가는 사람을 붙잡고 말 겨루기를 하자며 조르지도 않았어.
열두 고개 넘어 손자를 보러 가는 꼬부랑 할머니가 꼭꼭 들러서
놀아 주었으니까.
아직도 지리산 어느 골짜기, 산삼꽃이 *하롱하롱 지는 절벽 아래 동굴에는
흰 눈썹 호랑이의 자손들이 산다지.
흰 눈썹 호랑이의 자손들은 심심하면 오물오물 눈깔사탕을 먹으면서
자기들끼리 말놀이를 한대.
"저 달 봤나? 나도 봤다."
"저 해 봤나? 나도 봤다."
혹시 어느 산에서 흰 눈썹을 가진 호랑이가 오물오물 눈깔사탕을 먹으며
말재주 겨루기를 하자 조르거든,
흰 눈썹 호랑이의 손자의 손자의 손자인 줄 알아.

* **하롱하롱**: 작고 가벼운 물체가 떨어지면서 잇따라 흔들리는 모양.

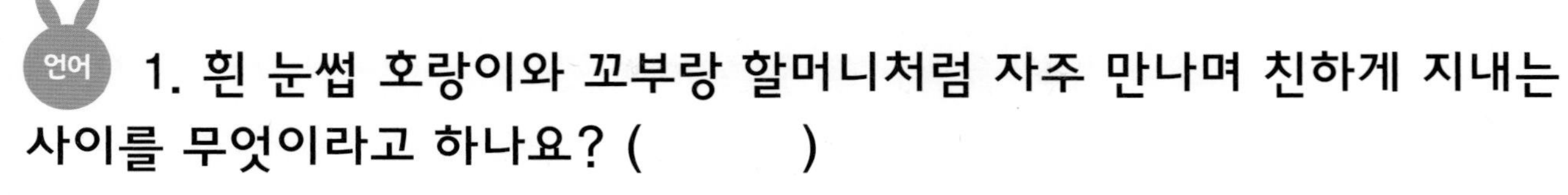

언어 **1. 흰 눈썹 호랑이와 꼬부랑 할머니처럼 자주 만나며 친하게 지내는 사이를 무엇이라고 하나요? (　　　　)**

① 원수　　② 친구　　③ 부모

붙임 딱지 붙여요.

사회 탐구 **3. 보기 의 ㉠ 호랑이는 흰 눈썹 호랑이의 손자의 아들입니다. ㉠ 호랑이는 흰 눈썹 호랑이를 어떻게 불러야 할까요? (　　　　)**

① 아버지
② 할아버지
③ 증조할아버지

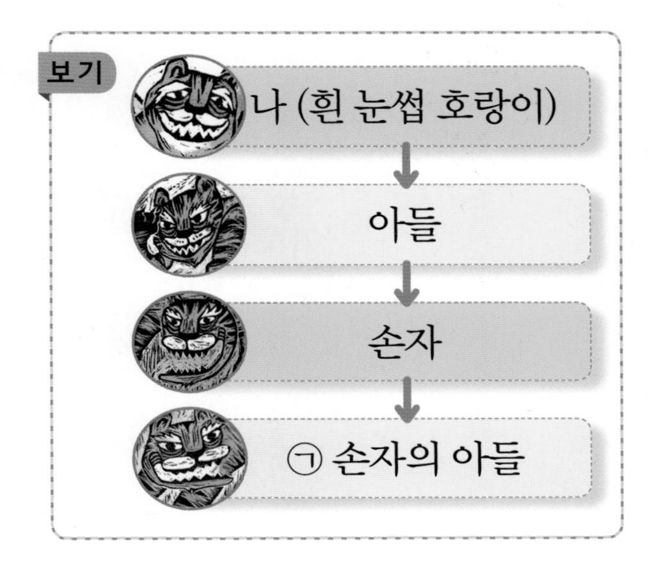

논술 **3. 흰 눈썹 호랑이의 자손들이 말놀이를 하자고 조른다면 어떤 말놀이를 하면 좋을까요? 이 글에 나온 놀이나 그 밖에 여러분이 알고 있는 말놀이 중에서 하고 싶은 놀이를 써 보세요.**

되돌아봐요

1 '꼬부랑 할머니와 흰 눈썹 호랑이'를 잘 읽었나요? 다음 보기 에서 각각의 등장인물에 어울리는 말을 찾아 써 보세요.

보기

지혜롭다.	겁이 없다.	끈기가 있다.
자신감이 넘친다.	내기를 좋아한다.	체면을 생각한다.

2 다음은 이 글에 나온 말놀이의 내용입니다. 놀이의 이름이 무엇인지 찾아 줄로 이으세요.

(1) 아침에는 네 발, 점심에는 두 발, 저녁에는 세 발인 것은? • • ㉠ 끝말잇기

(2) 수달 → 달팽이 → 이사 → 사진 • • ㉡ 수수께끼

(3) 곶감은 말랑해. 말랑한 건 고무신, 고무신은 검어. • • ㉢ 말꼬리 잇기

3 흰 눈썹 호랑이와 꼬부랑 할머니가 손자에게 잘 갈 수 있도록 수수께끼를 풀면서 고개를 넘어 보세요.

궁금해요

옛이야기와 그림 속 호랑이를 만나 보아요

옛날 옛적 우리나라에는 호랑이가 많이 살았어요. 그래서 우리 옛이야기와 옛 그림에 호랑이가 많이 등장하지요. 이야기와 그림 속의 호랑이에 대해 살펴보아요.

옛이야기 속 호랑이는 어떤 동물인가요?

옛이야기 속 호랑이는 산길에서 자주 만날 수 있어요. 사람처럼 말을 하며 사람과 겨루려 하거나 은혜를 갚기도 하지요. '맹수의 왕'이라는 호랑이가 옛이야기 속에서는 마냥 강하고 무서운 동물만은 아니랍니다.

'해와 달이 된 오누이'라는 옛이야기에서는 호랑이가 오누이의 지혜에 힘을 못 쓰고 당하다가, 썩은 동아줄을 잡고 하늘로 올라가다가 그만 떨어져 죽고 말아요.

'호랑이와 나그네'에서는 구덩이에 빠진 호랑이를 나그네가 구해 주었더니, 호랑이는 은혜를 모르고 나그네를 잡아먹으려고 해요. 그렇지만 나그네는 토끼의 꾀를 빌려 위험에서 벗어난답니다.

옛이야기 속에는 지혜가 있으면 무서운 호랑이처럼 힘이 센 상대를 이길 수 있다는 생각이 숨어 있지요. 옛이야기에 등장하는 오누이나 토끼, 나그네처럼 약한 이들도 지혜를 가지고 겨루면 더 강한 이들을 이길 수 있다는 마음이 담겨 있는 거예요.

옛 그림 속 호랑이는 어디로 갔을까요?

이 그림은 조선 시대의 화가 김홍도가 그린 '송하맹호도'라는 그림이에요. 김홍도가 이 그림을 그렸던 옛날에는 우리나라 산과 들에서 호랑이를 자주 볼 수 있었다고 해요. 그런데 이제는 우리나라에서 호랑이를 볼 수가 없어요. 그 많던 호랑이는 모두 어디로 간 걸까요?

이렇게 호랑이가 사라진 것은 일제 강점기에 사냥꾼들이 호랑이를 마구 잡았기 때문이에요. 그렇게 호랑이가 점차 줄어들어 오늘날 우리나라에서 호랑이를 보기 어렵게 되었지요.

오늘날 이렇게 사라지거나 사라질 위기에 처해 있는 동물들을 '멸종 위기 동물'로 정해 보호하고 있어요. 하지만 환경 개발 등으로 여전히 많은 동물들이 줄어들거나 사라지고 있어요. 생명을 아끼고 사랑하며 아름다운 자연을 보호하여 인간과 다른 생물들이 더불어 살 수 있어야 해요.

▲ 시베리아호랑이

여러분은 옛이야기 속에 등장하는 호랑이를 어떻게 느꼈는지 써 보세요.

내가 할래요

말꼬리 잇기 놀이를 해 봐요

1. 다음은 꼬부랑 할머니와 흰 눈썹 호랑이의 말꼬리 잇기 놀이를 나타낸 것입니다. 여러분이 빈칸에 들어갈 알맞은 말을 생각하여 써 보세요.

확인할 내용	잘함	보통임	부족함
1. 이번 주 학습을 5일(월요일~금요일) 안에 끝마쳤나요?			
2. 옛이야기를 읽고 등장인물들을 이해하였나요?			
3. 이야기에 나오는 여러 가지 말놀이를 잘 이해하였나요?			
4. 말놀이를 잘할 수 있나요?			

2. 여러분이 새로운 말꼬리 잇기를 만들어 보세요.

1주 5일
학습 끝!

붙임 딱지 붙여요.

2주 한 번도 못 해 본 놀이

생각톡톡 우리나라의 민속놀이를 아는 대로 써 보세요.

관련교과

[통합교과 봄1] 규칙을 지켜 친구와 놀기 / 자연물을 이용하여 봄놀이하기
[안전한 생활] 친구들과 즐겁고 안전하게 놀기
[통합교과 여름2] 지구촌 다른 나라의 다양한 문화 알기

2주

01 한 번도 못 해 본 놀이

임금님은 높은 담으로 둘러싸인 궁궐에 살고 있어요. 담 너머 담,
그 담 너머 또 담, 그렇게 아흔아홉 개의 하늘만큼 높은 담을 넘으면
*야트막한 언덕에 '오락당'이 있어요.
오락당의 주인은 심심한 건 절대 못 참는 귀염둥이 막내 공주님이에요.
오락당은 노는 것을 좋아하는 공주님을 위해 임금님이 지어 주었지요.
막내 공주님은 여느 공주들과는 좀 달랐어요.
조용히 앉아 비단에 수를 놓거나 화선지에 난을 *치거나,
연못에 배를 띄우고 경치를 보며 노는 것을 좋아하지 않았어요.
그보다는 왕자들과 어울려 다니며 활을 쏘거나 말 타는 것을 좋아했지요.
뜰에 사람들을 불러 모아 편을 나누고,
멀찍이 떨어진 통에 화살을 던져 넣는 투호 놀이도 좋아했고요.

* **야트막하다**: 조금 얕은 듯하다.
* **치다**: 붓이나 연필로 점을 찍거나 선이나 그림을 그리다.

사회 탐구 **1. 궁궐의 담은 무척 높다고 하였습니다. 우리나라의 전통 가옥에서 '담'이 무엇인지 그림에서 찾아 ○표 하세요.**

언어 **2. 막내 공주님에 대한 설명으로 맞으면 ○표, 틀리면 ×표를 하세요.**

(1) 막내 공주님은 심심한 것을 참지 못합니다. (　　　)

(2) 막내 공주님은 왕자들과 어울려 하는 놀이를 좋아합니다. (　　　)

(3) 막내 공주님은 수를 놓거나 그림을 그리는 것을 좋아합니다. (　　　)

논술 **3. 투호 놀이는 통 안에 화살을 던져 넣는 민속놀이입니다. 화살을 통에 잘 넣으려면 어떻게 해야 할지 보기 와 같이 써 보세요.**

보기 딴생각을 하지 말아야 합니다.

'만날 똑같은 놀이만 하니 정말 지겨워.'

어느 날 아침, 막내 공주님은 그동안 했던 놀이들에 싫증이 났어요.
열두 폭 치마를 펄럭이며 말을 달리는 것도, 활쏘기도 말이지요.
오락당 공주님은 궁녀들을 불러 모았어요.

"열흘 안에 내가 한 번도 해 본 적이 없는 놀이를 찾아오너라."

오락당 궁녀들은 바빠졌어요. 눈 뜨고 일어나면서부터
눈 붙이고 잠들 때까지 종일 새로운 놀이를 찾아 헤맸지요.
함께 모여 머리를 맞대고 온갖 책을 뒤졌어요. 궁궐에 머물고 있는
외국 사신들을 만나 그 나라의 놀이에 대해 묻기도 했어요.
몇 날 며칠을 애쓴 끝에, 궁녀들은 중국, 일본은 물론이고
가 본 적도 없는 나라, 눈이 파랗고 머리카락이 노란 사람들이 산다는
바다 건너 먼 나라 놀이까지 찾아냈어요.

언어 1. 보기 에서 설명하는 사람들의 직업을 무엇이라고 하는지 이 글에서 찾아 쓰세요.

- 막내 공주님의 명령을 받드는 사람들
- 궁궐 안에서 왕과 왕비를 가까이 모시는 사람들

( )

사회 탐구 2. 다음은 우리나라가 속해 있는 아시아 대륙의 지도입니다. 이 글에 나온 아시아 대륙의 나라 두 곳을 지도에서 찾아 ◯표 하세요.

논술 3. 궁녀들은 공주님이 한 번도 해 본 적이 없는 놀이를 찾느라 바빴습니다. 여러분이 궁녀라면 새로운 놀이를 어떻게 조사할지 써 보세요.

많은 책을
찾아보았습니다.

열흘째 되는 날 아침, 막내 공주님과 궁녀들이 오락당 앞뜰에 모였어요.
공주님은 높다란 의자에 앉아 궁녀들을 둘러보았지요.
"시작하라."
그 말에 궁녀 하나가 쇠구슬을 들어 보이며 앞으로 나섰어요.
"바다 건너 서양의 프랑스 사람들이 즐겨 하는 페탕크* 놀이입니다."
공주님은 프랑스라는 곳이 어디인지 몰랐어요.
하지만 바다 건너 먼 나라 사람들이 즐기는 놀이라면
틀림없이 재미있을 거라고 생각했어요.
"어서 놀아 보아라."
궁녀는 돌멩이를 멀찌감치 떨어뜨려 놓고, 쇠구슬을 돌멩이 가까이 던졌어요.
"이렇게 쇠구슬을 돌멩이에 더 가까이 던진 사람이 이기는 놀이입니다."
막내 공주님은 그것을 보고 입이 쑥 나왔어요.

* **페탕크**: 나무 공(비트)을 6~10미터 떨어진 곳에 두고, 쇠로 만든 공을 더 가까이 던지는 편이 이기는 운동 경기.

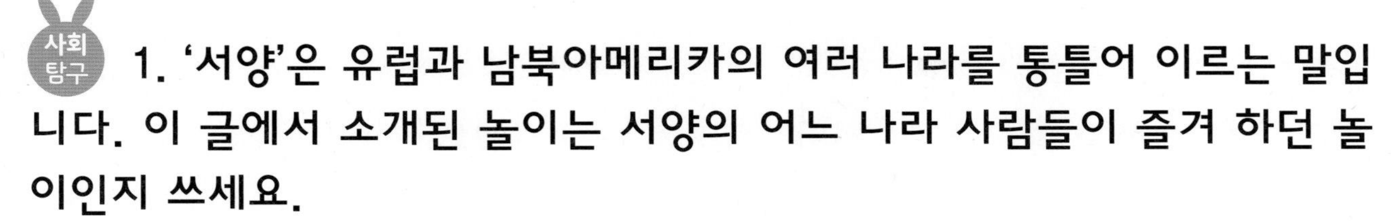

사회 탐구 1. '서양'은 유럽과 남북아메리카의 여러 나라를 통틀어 이르는 말입니다. 이 글에서 소개된 놀이는 서양의 어느 나라 사람들이 즐겨 하던 놀이인지 쓰세요.

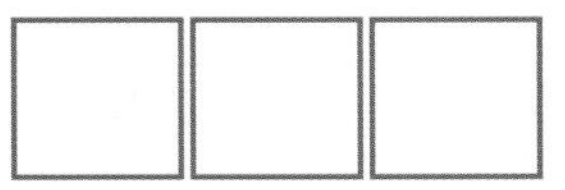

2주 1일 학습 끝!
붙임 딱지 붙여요.

과학 탐구 2. 페탕크 놀이는 쇠구슬이 아래로 떨어지는 원리를 이용한 놀이입니다. 다음 중 이 원리를 나타낸 그림을 찾아 ○표 하세요.

(1)
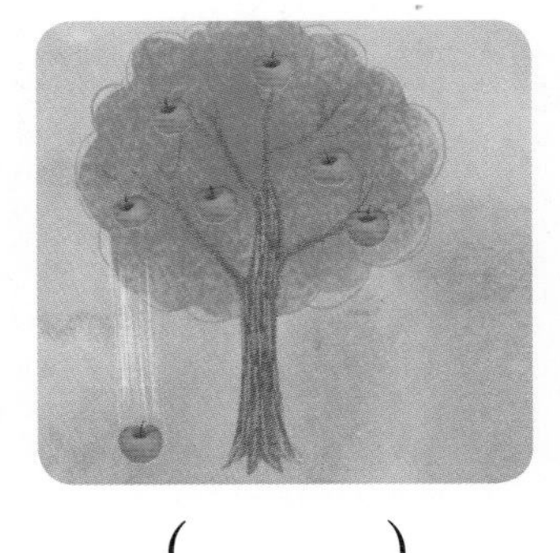
(　　　)

(2)

(　　　)

(3)

(　　　)

논술 3. 궁녀의 설명을 들은 막내 공주님이 입을 쑥 내민 까닭은 무엇일지 생각하여 써 보세요.

"그것뿐이더냐?"

공주님이 탐탁지* 않은 듯이 묻자, 궁녀가 고개를 끄덕였어요.

막내 공주님은 의자에서 내려와 쇠구슬을 돌멩이 가까이에 던졌어요.

공주님이 던진 쇠구슬은 돌멩이와 겨우 손톱만큼 떨어진 가까운 곳에 툭 떨어졌어요.

"이러면 내가 이긴 것이냐?"

궁녀가 고개를 끄덕이자 공주님은 잔뜩 실망한 표정이 되었지요.

"선 위에 놓인 상대방 돌을 쳐서 쓰러뜨리는 비사치기*와 비슷하구나. 커다란 쇠구슬을 쓴다는 것을 빼면 구슬치기와도 크게 다르지 않고. 내가 지금까지 해 본 적이 없는 새로운 놀이를 찾아 온 이는 없느냐?"

* **탐탁하다:** 모양이나 태도, 또는 어떤 일이 마음에 들어 만족하다.
* **비사치기:** 손바닥 크기의 납작한 돌을 세워 놓고 얼마쯤 떨어진 곳에서 돌을 던져 맞히거나 발로 돌을 차서 맞혀 넘어뜨리는 아이들 놀이.

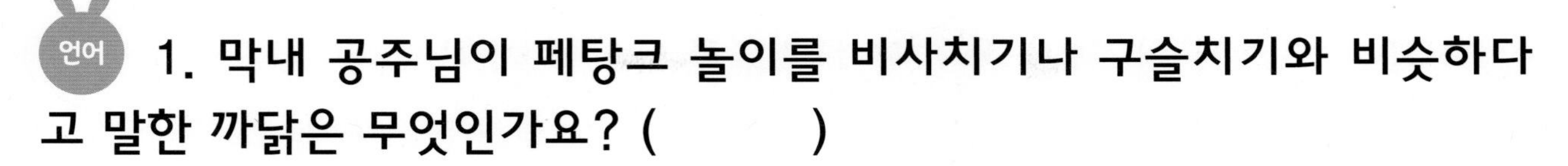

언어 **1. 막내 공주님이 페탕크 놀이를 비사치기나 구슬치기와 비슷하다고 말한 까닭은 무엇인가요? (　　　　)**

① 모두 아이들이 하는 놀이이므로

② 모두 서양에서 시작된 놀이이므로

③ 하나를 다른 하나로 치는 놀이 방법이 비슷하므로

사회탐구 **2. 비사치기에 대한 설명으로 알맞은 것은 어느 것인가요? (　　　　)**

① 어른들이 주로 하는 놀이입니다.

② 구슬을 굴려 구멍에 넣는 놀이입니다.

③ 세워 놓은 돌을 다른 돌로 맞혀 넘어뜨리는 놀이입니다.

논술 **3. 우리 조상이 즐기던 놀이나 운동 중에서 여러분이 아는 것을 한 가지 골라 보기 와 같이 소개해 보세요.**

보기 씨름은 모래판 위에서 두 사람이 서로의 샅바를 잡고 겨루는 운동입니다.

눈이 작고 이마가 납작한 궁녀가 말판과 주사위를 가지고
조심스럽게 앞으로 나왔어요.
"이것은 멀리 *인도라는 나라의 뱀 사다리 놀이입니다."
말판은 여러 칸으로 나뉘어 있었어요. 네모난 칸에는
사람이 태어나서 죽을 때까지 벌어지는 여러 가지 일들이 그려져 있고,
말판 곳곳에 뱀과 사다리가 그려져 있었어요.
"그래? 그것참 신기해 보이는구나. 놀이 방법을 말해 보아라."
"주사위를 던져 나온 수만큼 *말을 옮길 수 있습니다. 말이 사다리가
있는 칸에 도착하면 사다리를 타고 위쪽으로 더 나아갈 수 있고,
뱀을 만나면 피해서 뒤로 돌아가야 하지요."
공주님이 주사위를 던지자 궁녀가 나온 수만큼 말을 옮겼어요.
"목적지에 먼저 도착하는 사람이 이기는 놀이입니다."

* **인도**: 아시아 남부의 히말라야산맥 남쪽에 있는 나라.
* **말**: 고누나 윷놀이 따위를 할 때 말판에서 정해진 규칙에 따라 옮기는 패.

1. 보기 의 밑줄 친 부분을 뜻하는 낱말은 무엇인가요? (   )

보기 사람이 태어나서 죽을 때까지 벌어지는 여러 가지 일들이 그려져 있고, 놀이판 곳곳에 뱀과 사다리가 그려져 있었지요.

① 탄생 ② 인생 ③ 공생

2. 네모난 주사위는 모두 몇 개의 면으로 이루어져 있나요? (   )

① 4개 ② 6개 ③ 8개

3. 보기 와 같이 꾸며 주는 말을 채워 넣어, 공주님의 생김새를 설명해 보세요.

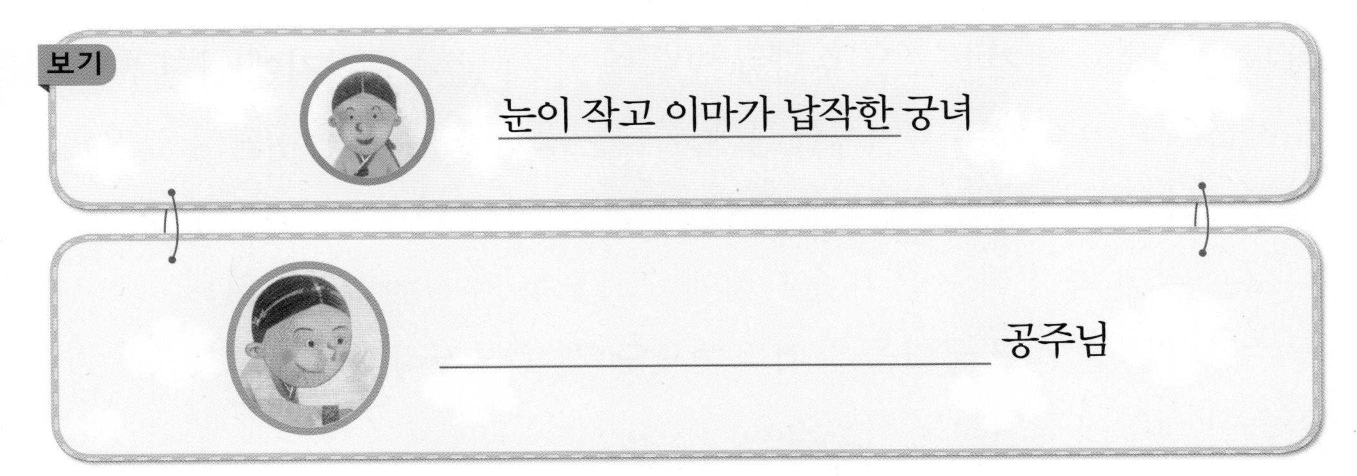

공주님은 궁녀와 뱀 사다리 놀이를 해 보았어요. 공주님의 말이
궁녀의 말보다 먼저 목적지에 이르자 모두 "와아!" 하고 탄성을 질렀지요.
"공주님이 이기셨다! 공주님 만세!"
하지만 막내 공주님은 고개를 갸웃갸웃하였어요.
"에이, 시시해. 이것은 우리의 윷놀이나 승경도놀이와 비슷하구나.
좀 더 새로운 놀이는 없느냐?"
윷놀이는 윷을 던져 나오는 수만큼 말을 옮기고, 말이 목적지에 먼저
도착하는 편이 이기는 놀이예요. 윷놀이에는 풍년을 비는 뜻이 담겨 있지요.
승경도놀이는 말판에 벼슬의 이름을 써 놓고, 알을 던져
나오는 수에 따라 더 높은 벼슬자리에 오르도록 겨루는 놀이이지요.
공주님의 말을 듣고 궁녀들은 머리를 맞댄 채 수군거리기도 하고,
골똘히 생각에 잠기기도 하였어요.

1. 다음 중 윷놀이에서 사용하는 도구를 찾아 ◯표 하세요.

(1) 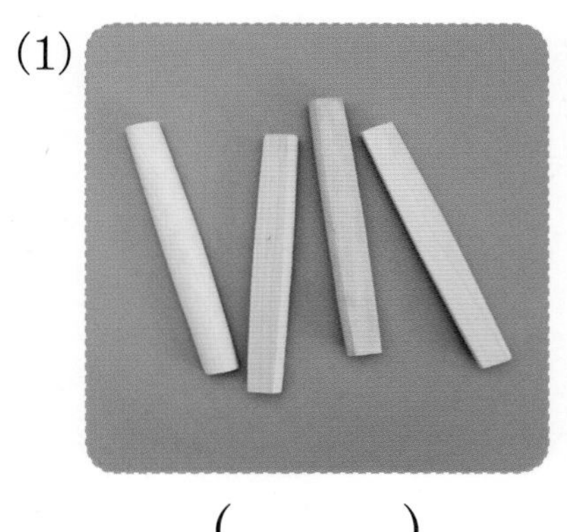

( )

(2) 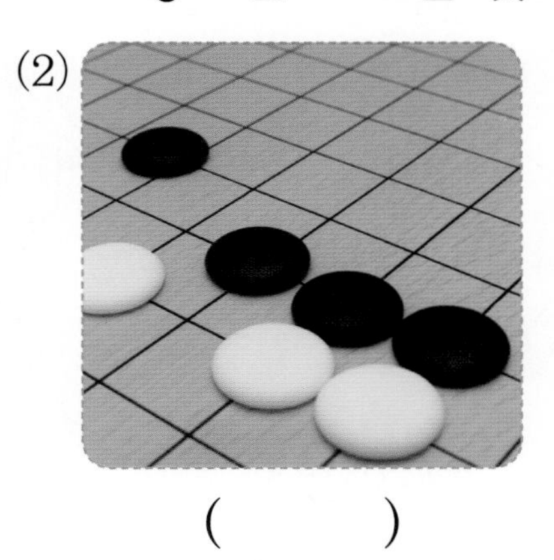

( )

(3) 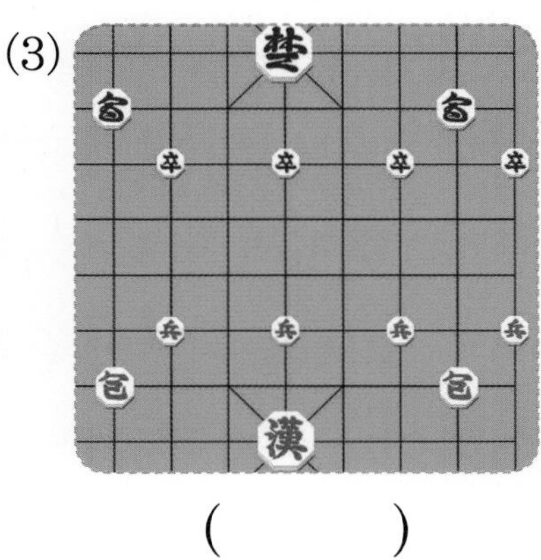

( )

붙임 딱지 붙여요.

2. 이 글에서 보기 의 뜻을 가진 낱말을 찾아 빈칸에 써 보세요.

보기

곡식이 잘 자라고 잘 여물어 농작물을 많이 거두어들이는 해

윷놀이에는 ☐☐을(를) 비는 뜻이 담겨 있습니다.

논술 **3. 뱀 사다리 놀이, 윷놀이, 승경도놀이와 같은 놀이를 할 때 지켜야 할 점은 어떤 것이 있을까요? 보기 와 같이 써 보세요.**

보기 놀이를 할 때 차례를 잘 지킵니다.

"참 놀랍구나. 다른 나라에도 우리가 즐기는 놀이와 꼭 닮은 놀이가 있다니 말이야. '우물 안 개구리'*라는 말이 달리 있는 게 아니야."
막내 공주님의 말에 어린 궁녀들이 쪼르르 나서며 말했지요.
"그런 것이라면 또 있습니다. 연날리기가 그중 하나입니다. 보십시오."
어린 궁녀들은 손에 온갖 연을 들고 있었어요. 방패연, 가오리연, 발연*, 어마어마하게 큰 연부터 작은 연, 줄줄이 달린 연까지 생김새도 크기도 다양했어요. 궁녀들은 연을 가지고 놀면서 참새 떼처럼 짹짹거렸어요.
"이웃 나라 일본부터, 본 적도 들은 적도 없는 먼 나라 아이들도 우리와 비슷한 연을 가지고 논다고 합니다. 정말 신기하지요?"
막내 공주님은 갖가지 재미있는 연들을 요리조리 살펴보았지요.
"그래, 정말 그렇구나! 수고했다."

* **우물 안 개구리**: 넓은 세상의 일을 잘 알지 못하는 사람을 빗대어 이르는 속담.
* **발연**: 양쪽 가장자리나 밑부분에 가늘게 오린 종이를 붙여 늘어뜨린 연.

언어 1. 보기 와 같이 주어진 낱말과 뜻이 반대인 낱말을 (   ) 안에 써 보세요.

보기 큰 연 ⟷ 작은 연

(1) 긴 머리 ⟷ (   ) 머리   (2) 좁은 길 ⟷ (   ) 길

과학 탐구 2. 연날리기는 바람을 이용하는 놀이입니다. 다음 중 바람을 이용해 에너지를 만들어 내는 장치는 어느 것인가요? (   )

① 
맷돌

② 
풍차

③ 
절구

논술 3. '우물 안 개구리'는 넓은 세상의 일을 잘 알지 못하는 사람을 빗대어 이르는 속담입니다. '우물 안 개구리'가 되지 않으려면 어떻게 해야 할지 여러분의 생각을 써 보세요.

공주님의 말에 용기를 낸 궁녀들이 우르르 몰려나와
각기 다른 모양의 탈*을 꺼내 보였어요.
"이것은 중국에서 가져온 용의 탈입니다."
한 궁녀가 직접 탈을 쓰고 춤을 추었어요. 그 모습은 마치 용이 살아서
꿈틀거리는 것처럼 보였지요.
"이탈리아에서는 이 가면을 쓰고 춤을 추는 잔치를 연다고 합니다."
"아프리카에서는 마법사가 이 탈을 쓰고 비가 오기를 빈다고 해요."
궁녀들은 탈을 쓰고 춤을 추기도 하고, 소원을 비는 모습을
흉내 내기도 했어요. 공주님도 탈을 하나씩 써 보며 재미있어 했지요.
"얼굴을 가리는 점은 같지만 모양도 다르고 쓸모도 다르구나.
너희들이 보여 준 춤도 모두 재미있구나. 하지만……."
오락당 막내 공주님은 말꼬리를 흐렸어요.

탈: 얼굴을 감추거나 달리 꾸미기 위하여 나무, 종이, 흙 따위로 만들어 얼굴에 쓰는 물건.

1. 이 글에서 탈과 비슷한 뜻으로 쓰인 낱말을 찾아 쓰세요.

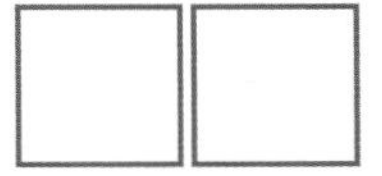

언어 2. 아프리카에서 마법사들이 탈을 쓰고 한 일을 바르게 말한 친구는 누구인가요? (　　　　)

① 

② 

③ 

예체능 3. 탈과 가면은 저마다 독특한 표정을 가지고 있습니다. 다음의 탈과 가면을 자유롭게 꾸며 보세요.

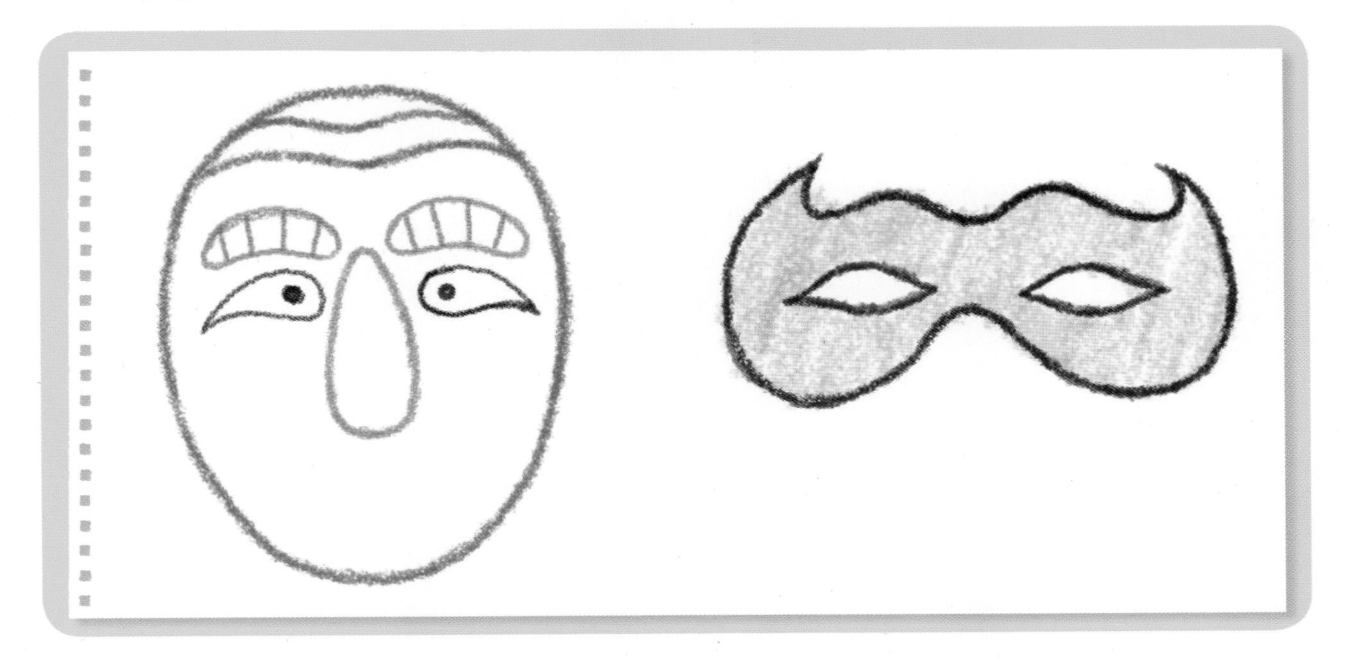

"모두 애썼구나. 그러나 아무리 봐도 새롭지는 않다."

공주님은 잔뜩 실망한 표정이었어요.

그때였어요. 며칠 밤을 꼬박 *새운 듯 보이는 한 궁녀가 말했지요.

"제가 알고 있는 놀이가 하나 있습니다. 하지만……."

"그래? 그것이 무엇이냐? 어서 놀아 보아라."

공주님은 호기심 가득한 눈으로 궁녀를 바라보았어요.

"그러나 공주님께서는 하실 수 없는 놀이입니다."

"세상에 내가 할 수 없는 놀이가 있다는 말이냐? 그렇다면 그것이야말로 내가 찾던 놀이구나! 한 번도 못 해 본 놀이를 찾고 있었으니 말이다."

오락당 막내 공주님은 환하게 웃으며 외쳤어요.

그러나 궁녀는 고개를 절레절레 저으며 조심스럽게 대답했어요.

"그것은 제 고향 대천 바닷가에서만 할 수 있는 놀이입니다.
*지체 높은 공주님께서는 하시기 어렵습니다."

* **새우다**: 한숨도 자지 않고 밤을 지내다. * **지체**: 집안이나 개인이 사회에서 차지하는 위치나 자리.

언어 1. 이 글에서 막내 공주님이 한 다음 말은 어떤 목소리로 읽어야 할까요? (　　　)

"그래? 그것이 무엇이냐? 어서 놀아 보아라."

① 두려운 목소리　　② 기대하는 목소리　　③ 짜증 나는 목소리

사회 탐구 2. 다음 그림에서 바다에서 즐기기에 알맞지 않은 놀이를 찾아 ○표 하세요.

2주 3일 학습 끝!
붙임 딱지 붙여요.

논술 3. 여러분이 바다에 가서 하고 싶은 놀이는 무엇인가요? 자유롭게 써 보세요.

막내 공주님은 궁녀의 말을 이해할 수 없었어요. 태어나서 한 번도 못 해 본 놀이를 찾았는데, 공주라서 할 수가 없다니요.

"놀이를 하는 데 지체가 높고 낮은 것이 무슨 상관이란 말이냐. 당장 대천으로 갈 준비를 하라!"

궁녀들은 서둘러 공주님의 행차*를 준비했어요.

먹을 것과 입을 것을 준비하는 데만 꼬박 이틀이 걸렸지요.

공주님이 화려한 가마에 오르자 마침내 길고 긴 행차가 시작되었어요.

공주님의 행차는 온 나라를 떠들썩하게 만드는 잔치였어요.

공주님이 지나는 길마다 사람들이 뛰쳐나와 절을 했어요.

철없는 어린아이들은 고개를 들어 공주님의 얼굴을 보려고 했어요.

공주님은 어린아이들에게 상냥하게 눈을 맞추며 인사를 나누었지요.

* **행차**: 웃어른이 차리고 나서서 길을 감. 또는 그때 이루는 대열.

언어 **1. 보기 의 밑줄 친 말과 바꾸어 쓸 수 있는 말은 무엇인가요?**

( )

보기 공주님의 행차는 온 나라를 떠들썩하게 만드는 잔치였어요.

① 명절 ② 축제 ③ 기념일

사회탐구 **2. 다음 중 '가마'와 같이 사람의 힘으로 다른 사람을 옮기는 이동 수단에 ○표 하세요.**

(1) 

( )

(2) 

( )

(3) 

( )

논술 **3. 여러 사람이 힘을 모아 공주님을 태운 가마를 옮기고 있습니다. 그림 속 사람들의 속마음을 짐작하여 빈칸에 써 보세요.**

마침내 대천 바닷가에 다다르자 막내 공주님이 명령했어요.
"어서 놀아 보아라!"
하지만 궁녀는 선뜻 놀이를 시작하지 못하고 망설였어요.
파도가 '철썩철썩!' 하고 졸라도 궁녀는 꼼짝도 하지 않았어요.
기러기가 '끼룩끼룩!' 하고 졸라도 궁녀는 얼음처럼 꼼짝하지 않았지요.
그때 멀리서 어린아이들이 까르르까르르 웃는 소리가 들렸어요.
그제야 궁녀는 갖신*을 벗었어요. 버선도 벗고, 치마저고리도 벗었지요.
그러고는 절벅절벅 갯벌로 들어갔어요.
그 모습을 지켜보던 사람들은 모두 깜짝 놀랐어요.
공주님을 모시는 궁녀가 할 만한 행동이 아니었거든요.
모두 숨을 죽이고 지켜보는데 궁녀가 개흙* 위를 데굴데굴 굴렀어요.
그러더니 난데없이 개흙 한 줌을 구경하던 궁녀에게 던졌어요. 퍽! 퍽!

* **갖신**: 가죽으로 만든 우리 고유의 신을 통틀어 이르는 말.
* **개흙**: 갯바닥이나 늪 바닥에 있는 거무스름하고 미끈미끈한 고운 흙.

언어 **1. 놀이를 시작하지 못하고 있던 궁녀를 갯벌로 들어가게 만든 것은 무엇인가요? (   )**

① 파도 소리　　　② 기러기 울음소리　　　③ 아이들 웃음소리

사회 탐구 **2. 옛날 사람들은 오늘날과 다른 옷을 입었습니다. 옛날에 입던 옷이나 신발의 이름을 찾아 알맞게 줄로 이으세요.**

(1) •　　　• ㉠ 치마

(2) •　　　• ㉡ 갖신

(3) •　　　• ㉢ 저고리

논술 **3. 궁녀가 겉옷을 벗고 갯벌에 들어가자 지켜보던 사람들은 모두 놀랐습니다. 빈칸에 그 까닭을 생각하여 써 보세요.**

사람들은 공주님을 모시는 궁녀는 ....

....

.... 생각하기 때문입니다.

"하하하하! 정말 재미있구나!"

공주님은 개흙 범벅이 된 궁녀들을 보고 웃음을 터뜨렸어요.

그리고 비단신을 벗고 잘박잘박 갯벌로 들어갔어요.

"뭣들 하느냐? 너희들도 어서 들어오너라."

망설이던 궁녀들도 갖신과 치마저고리를 벗고 갯벌로 뛰어들었어요.

곧 개흙이 여기저기 날아다녔지요.

막내 공주님은 어둑어둑해질 때까지 실컷 놀고 미역*도 감았답니다.

공주님은 평생 다시 해 볼 수 없는 놀이를 하고 나니 기분이 좋았어요.

그래서 궁궐로 돌아가는 길에 사관*을 따로 불러 말했어요.

"오늘 일은 기록하지 말아라. 영원히 비밀로 묻어 두어야 한다."

이렇게 해서 공주님의 개흙 놀이는 역사에 기록되지 않았다고 해요.

※ **미역**: 냇물이나 강물 또는 바닷물에 들어가 몸을 담그고 씻거나 노는 일.
사관: 역사를 기록하는 책임을 맡은 벼슬.

언어 **1. 막내 공주님의 개흙 놀이가 역사에 기록되지 <u>않은</u> 까닭은 무엇인가요? (　　　)**

① 공주님이 말하지 않아서
② 사관이 기록하지 않아서
③ 궁녀들이 말하지 않아서

과학 탐구 **2. 바닷물이 빠지면 갯벌이 드러납니다. 바닷물에 대한 설명으로 맞으면 ○표, 틀리면 ×표를 하세요.**

(1) 우리 몸은 강물보다 바닷물에서 잘 뜹니다. (　　　)
(2) 바닷물을 끓이면 소금이 남습니다. (　　　)
(3) 바닷물에는 생물이 살 수 없습니다. (　　　)

2주 4일 학습 끝!
붙임 딱지 붙여요.

논술 **3. 한 번도 해 보지 못한 놀이를 즐긴 막내 공주님은 궁궐로 돌아와 개흙 놀이를 알려 준 궁녀에게 편지를 썼습니다. 여러분이 공주의 입장이 되어 궁녀에게 편지를 써 보세요.**

궁녀에게

오락당 막내 공주가

되돌아봐요

1 다음 그림이 나타내는 놀이가 무엇인지 보기 에서 찾아 (　　) 안에 써 보세요.

보기 투호　페탕크　탈놀이　윷놀이　연날리기　뱀 사다리 놀이

(1)

(　　　　　　　)

(2)

(　　　　　　　)

(3)

(　　　　　　　)

(4)
(　　　　　　　)

(5)

(　　　　　　　)

(6)

(　　　　　　　)

2 다음은 오락당 공주님에 대해 기록한 것입니다. 바르게 기록한 것에는 ○표, 잘못 기록한 것에는 ×표 하세요.

(1) 오락당은 임금님이 마련해 준 것입니다. (　　　)

(2) 오락당 공주님은 끝내 원하는 놀이를 찾지 못했습니다. (　　　)

(3) 오락당 공주님은 주로 여자들이 하던 놀이를 좋아했습니다. (　　　)

(4) 오락당 공주님은 궁궐 안에서 원하는 놀이를 찾지 못했습니다. (　　　)

(5) 오락당 공주님은 궁녀들에게 '한 번도 해 본 적이 없는 놀이'를 찾아 오라고 명령했습니다. (　　　)

3 '한 번도 못 해 본 놀이'를 읽고, 서로 비슷하다고 한 놀이끼리 알맞게 줄로 이어 보세요.

(1) 
윷놀이 •

• ㉠ 
페탕크

(2) 
탈놀이 •

• ㉡ 
가면 놀이

(3) 
비사치기 •

• ㉢ 
뱀 사다리 놀이

4 오락당 공주님이 처음 해 본 놀이는 무엇이고, 궁녀가 그 놀이를 공주님이 하기 어렵다고 한 까닭은 무엇인지 각각 써 보세요.

(1) 처음 해 본 놀이: ....

(2) 까닭: ....

....

....

우리나라의 민속 놀이를 알아봐요!

돌을 넘어뜨리자, 비사치기

일정한 거리에 선을 그은 다음, 그 선 위에 손바닥 크기의 납작한 돌을 세워요. 편을 나눈 다음, 돌을 던지거나 발로 차서 상대편이 세워 둔 돌을 넘어뜨리면 이기는 놀이예요. 지역에 따라 '돌치기', '비석치기'라고도 해요.

누가 누가 많이 차나, 제기차기

'제기'는 가운데에 구멍이 뚫린 엽전이나 쇠붙이에 얇고 질긴 종이나 천을 접어서 싼 다음, 그 끝을 여러 갈래로 찢어 너풀거리도록 만든 장난감이에요. 요즈음에는 주로 비닐로 만들지요. 제기를 땅바닥에 떨어뜨리지 않고 많이 차는 사람이 이기는 놀이랍니다.

영차 영차 힘을 모아, 줄다리기

두 편으로 나뉘어 굵은 줄을 마주 잡고 당기는 놀이예요. 같은 편 사람들이 힘을 모아 당겨서 줄을 자기편으로 많이 끌어온 쪽이 이긴답니다. 줄을 당길 때 호흡을 잘 맞추는 것이 중요해요.

높이높이 뛰어라, 널뛰기

긴 널빤지의 가운데를 짚단이나 가마니로 괴고, 양 끝에 한 사람씩 올라서서 마주 보고 번갈아 뛰는 놀이입니다. 한 사람이 뛰어올랐다가 떨어지면 그 힘을 이용해 반대쪽 사람이 뛰어올라요. 설날이나 단오, 한가위 등의 큰 명절에 주로 여자들이 즐기는 놀이예요.

멀리멀리 날아라, 연날리기

바람을 이용해 연을 하늘에 띄우는 놀이예요. 연은 종이에 대나무 가지를 가늘게 쪼개어 붙여 만들어요. 방패연, 가오리연 등 여러 가지 모양의 연이 있으며, 서로 연줄을 비비어 끊거나 연을 누가 더 높이 날리나 겨루기도 한답니다. 연줄을 감는 기구를 '얼레'라고 해요.

앞의 이야기와 위에 소개된 놀이 중에서 여러분이 해 보고 싶은 놀이를 고르고, 그 놀이를 하고 싶은 까닭을 써 보세요.

....

....

....

2주 05 내가 할래요

내가 아는 놀이를 소개해 보아요!

공주님은 한 번도 해 본 적이 없는 새로운 놀이를 하고 싶어 했습니다. 여러분이 아는 놀이 중에서 공주님이 해 보지 않았을 것 같은 놀이는 무엇인가요? 보기 와 같이 그 놀이를 나타내는 그림을 그리고, 놀이를 소개하는 글을 써 보세요.

보기

'쿵쿵따 놀이'를 소개하겠습니다.

쿵쿵따 놀이는 친구들과 둘러앉아 쿵쿵따 노래를 부르고, 쿵쿵따 춤을 추면서 끝말잇기를 하는 놀이입니다. 끝말잇기는 앞 낱말의 마지막 글자로 시작하는 낱말을 이어 가는 것입니다. 쿵쿵따 춤은 주먹을 쥐고 팔을 양쪽으로 흔들면서 춥니다.

'쿵쿵따 쿵쿵따' 하는 노래를 흥겹게 부르고 춤 동작을 열심히 흉내 낼수록 더욱 재미있게 할 수 있습니다. 단, 너무 어려운 낱말을 말해서 놀이가 일찍 끝나지 않게 조심합니다.

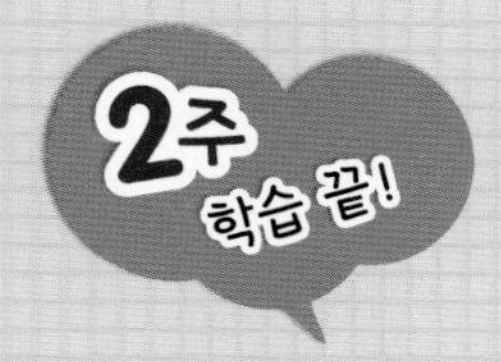

확인할 내용	잘함	보통임	부족함
1. 이번 주 학습을 5일(월요일~금요일) 안에 끝마쳤나요?			
2. 여러 가지 놀이를 이해하고 비슷한 점을 찾을 수 있나요?			
3. 우리나라 민속놀이에 대해 잘 살펴보고 이해하였나요?			
4. 친구들과 했던 재미있는 놀이를 소개할 수 있나요?			

내가 소개할 놀이는 ______________ 입니다.

붙임 딱지 붙여요.

전하는 말

3주
동물 친구들도
노는 게 좋대요

생각톡톡 동물의 놀이 가운데 여러분이 알고 있는 것은 무엇이 있는지 써 보세요.

관련교과

[국어 1-2] 동물의 소리와 모양을 흉내 내는 말 바르게 읽기 / 중요한 내용을 확인하며 읽기

[통합교과 봄1] 규칙을 지켜 친구와 놀기 / 생명의 소중함 알기

동물도 놀이를 한대요

"노는 게 제일 좋아. 친구들 모여라!"

어린이들이 좋아하는 만화 영화의 노랫말이에요. 이 만화 영화의 주인공 뽀로로는 날마다 친구들과 재미있게 노는 것이 일이지요.

하루 종일 먹고 자고 놀기! 오직 그것뿐! 다른 일은 하지 않아요. 하지만 해야 할 일이 생기면, 스스로 척척 알아서 하지요.

이렇게 놀이는 아무도 시키지 않지만 신이 나서 하는 거예요. 즐겁고 재미있어서 자꾸 하고 싶지요. 누가 칭찬을 하거나 상을 주지 않아도 말이에요.

사람뿐 아니라 동물도 놀이를 즐기고 놀이를 하면서 *무리와 친해져요.

자, 어떤 동물이 어떤 놀이를 즐기는지 함께 만나 볼까요?

* **무리**: 사람이나 짐승, 사물 따위가 모여서 뭉친 한 동아리

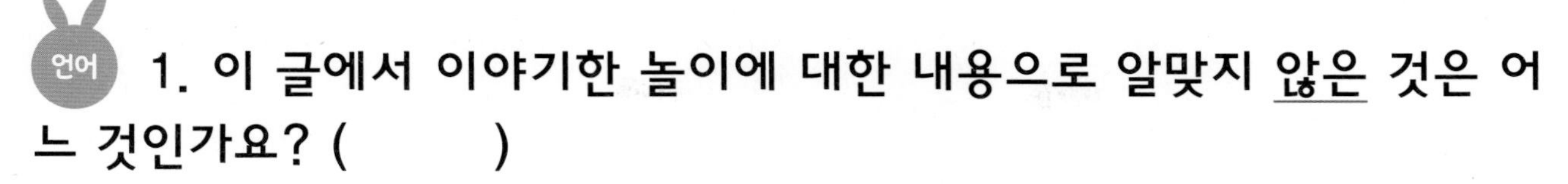

언어 **1. 이 글에서 이야기한 놀이에 대한 내용으로 알맞지 <u>않은</u> 것은 어느 것인가요? (　　　)**

① 동물은 무리를 짓지 않고 혼자 놉니다.
② 즐겁고 재미있어서 자꾸 하고 싶습니다.
③ 아무도 시키지 않지만 신이 나서 합니다.

예체능 **2. 신나는 놀이는 학교 운동장에서도 할 수 있습니다. 다음 놀이 시설과 이름을 알맞게 줄로 이으세요.**

(1)  • 　　　　• ㉠ 정글짐

(2)  • 　　　　• ㉡ 구름사다리

논술 **3. 여러분이 좋아하는 놀이는 무엇인지 쓰고, 왜 그 놀이를 좋아하는지 보기 와 같이 써 보세요.**

보기 나는 훌라후프 돌리기를 좋아합니다. 훌라후프는 허리로도 돌리고 줄넘기도 할 수 있어서 오래 놀아도 지겹지 않습니다.

01 동물의 왕, 사자의 사냥 놀이

호랑이와 함께 동물의 왕으로 불리는 사자는 어떤 놀이를 즐길까요?

호랑이는 주로 혼자 생활하지만, 사자는 보통 여러 마리가 무리를 지어 살아요. 얼룩말, 기린, 물소처럼 덩치가 큰 짐승은 혼자 힘으로 잡기 힘들거든요. 그래서 암컷 사자들은 여럿이 힘을 합쳐 사냥하기 위해 모여 산답니다.

사자는 새끼 때부터 '사냥 놀이'를 해요. 힘껏 달리기, 갑자기 멈추기, 납작 엎드려 기기, 목덜미 깨물기, 앞발로 누르기, 앞발로 때리기 등등……. 물고 할퀴고 뒹구는 것이 싸움은 아니에요. 사냥을 배울 수 있는 놀이랍니다.

새끼 사자들의 사냥 놀이는 아이들이 소꿉놀이를 하며 엄마, 아빠를 흉내 내는 것과 같아요. 어미의 사냥을 흉내 내는 것이지요. 이렇게 사냥 놀이를 하면서 새끼 사자들은 훌륭한 사냥꾼*으로 자란답니다.

* **사냥꾼**: 사냥하는 것을 직업으로 하는 사람.

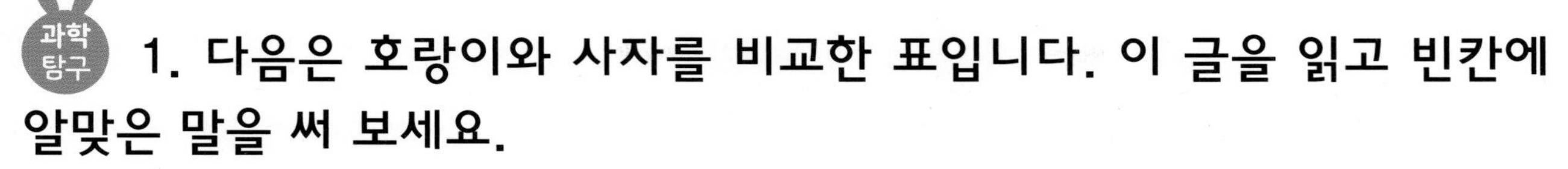

1. 다음은 호랑이와 사자를 비교한 표입니다. 이 글을 읽고 빈칸에 알맞은 말을 써 보세요.

	호랑이	사자
같은 점	고양잇과의 포유류입니다.	고양잇과의 포유류입니다.
다른 점	주로 혼자 생활합니다.	

언어 **2. 다음 중 새끼 사자의 '사냥 놀이'에 대해 바르게 말한 친구는 누구인가요? (　　　)**

① 동물의 왕이라는 사자와 호랑이는 서로 사이좋게 어울려 노는구나.

② 새끼 사자들이 물고 할퀴고 뒹구는 것은 서로 먹이를 차지하려고 다투는 거구나.

③ 새끼 사자가 어미 사자를 흉내 내며 노는 것은 아이들이 엄마, 아빠를 흉내 내며 소꿉놀이하는 것과 비슷하네.

논술 **3. 새끼 사자들은 놀이를 하면서 사냥꾼으로 자랍니다. 여러분이 만약 새끼 사자라면 놀이를 하며 어떤 생각을 할지 보기 와 같이 써 보세요.**

보기 얼른 자라서 엄마처럼 씩씩한 사냥꾼이 되어야지!

01 목이 긴 기린의 '목 힘' 겨루기

세상에서 가장 목이 긴 동물은 누구일까요?

맞아요! 아프리카 초원에 살고 있는 키다리 기린이에요.

기린의 긴 목을 이루고 있는 뼈는, 놀랍게도 다른 *척추동물들과 똑같이 일곱 개뿐이랍니다. 그러니까 사람의 짧은 목과 기린의 긴 목을 이루는 뼈의 수가 같지요. 그래서 기린은 긴 목을 자유롭게 움직이지 못하고 나뭇가지처럼 건들건들거려요.

하지만 목이 긴 덕분에, 비가 오지 않아 먹을 것이 부족한 *건기를 견딜 수 있어요. 다른 동물들은 닿을 수 없는 높은 나뭇가지에 있는 잎을 먹을 수 있으니까요.

기린들은 누가 더 힘이 센지 겨룰 때나, 좋아하는 기린을 두고 경쟁할 때 서로 목을 마주 대며 부딪치거나 비비는 '넥킹'을 해요. 또 좋아하는 기린과도 목을 비비며 넥킹을 하지요. 새끼 기린들도 엄마를 따라서 서로 목을 탁탁 부딪치거나, 쓱쓱 비비고, 친친 감으며 놀아요.

* **척추동물**: 등뼈가 있는 모든 동물.
* **건기**: 기후가 건조한 시기. 일정 기간 비가 오지 않아 가무는 시기.

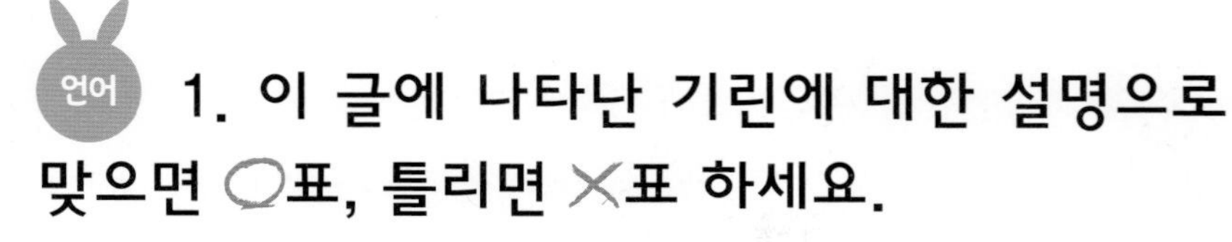

언어 **1. 이 글에 나타난 기린에 대한 설명으로 맞으면 ○표, 틀리면 ×표 하세요.**

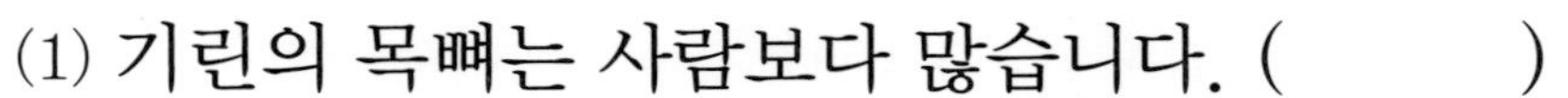

(1) 기린의 목뼈는 사람보다 많습니다. (　　　)

(2) 기린은 긴 목 덕분에 건기를 견딜 수 있습니다. (　　　)

(3) 기린은 긴 목으로 높은 곳에 있는 잎을 먹을 수 있습니다. (　　　)

(4) 기린은 긴 목을 서로 마주 대며 부딪치거나 비비기도 합니다. (　　　)

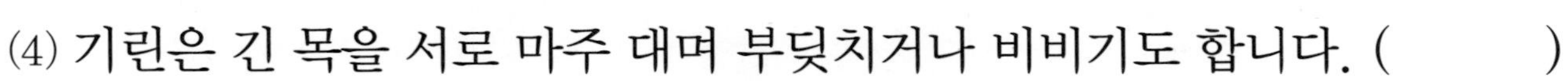

과학 탐구 **2. 기린은 등뼈가 있는 척추동물입니다. 다음 중 기린과 같은 척추동물이 아닌 것은 무엇일까요? (　　　)**

① 

하마

② 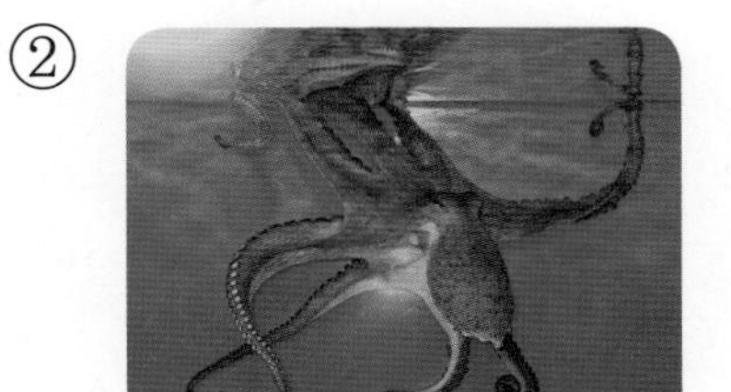

문어

③ 

코끼리

붙임 딱지 붙여요.

3. 이 글을 읽고 기린의 '넥킹'이 무엇인지 질문에 알맞게 써 보세요.

(1) 언제? ....

(2) 무엇을? ....

(3) 어떻게 했나? ....

....

3주

02 코끼리의 진흙탕 놀이

"쏴쏴!"

힘찬 빗줄기가 마른땅 위로 쉴 새 없이 퍼부어요. 오랫동안 비가 오지 않아 쩍쩍 갈라지던 땅이 촉촉이 젖고 여기저기 물웅덩이가 생기지요. 이렇게 아프리카에 비가 오면 누가 가장 신이 날까요?

한바탕 비가 온 뒤에 물웅덩이로 몰려드는 것은 코끼리들이에요.

새끼 코끼리들은 진흙탕에 몸을 텀벙 담그고 뒹굴뒹굴 굴러요. 코로 물을 빨아들였다가 푸우 하고 내뿜기도 하고, 서로에게 진흙을 뿜어 진흙 마사지도 해요. 이렇게 코끼리들은 구석구석 진흙을 뒤집어쓰며 한참을 신나게 놀아요.

진흙탕에서 실컷 놀고 나면 코끼리들은 뜨거운 햇볕 아래서 *일광욕을 즐겨요. 진흙이 햇볕에 마르면서 몸에 붙어 있던 나쁜 벌레들도 함께 떨어져 나간답니다.

* **일광욕**: 건강을 위해 온몸을 드러내 햇빛을 쬐는 일.

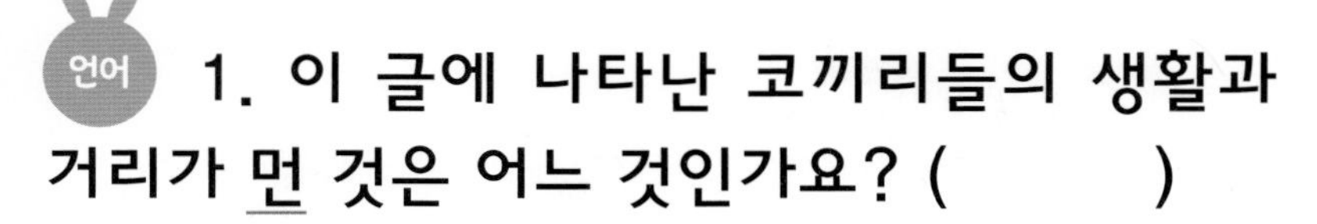

언어 **1. 이 글에 나타난 코끼리들의 생활과 거리가 먼 것은 어느 것인가요? (   )**

① 코끼리들은 일광욕을 즐깁니다.

② 코끼리들은 비가 오는 것을 싫어합니다.

③ 코끼리들은 진흙탕에서 노는 것을 좋아합니다.

과학탐구 **2. 코끼리의 코가 하는 일을 잘못 말한 친구는 누구인가요? (   )**

① 코끼리는 코로 물을 빨아들일 수 있어.

② 코끼리는 코로 사냥을 해.

③ 코끼리는 코로 물을 뿜을 수 있어.

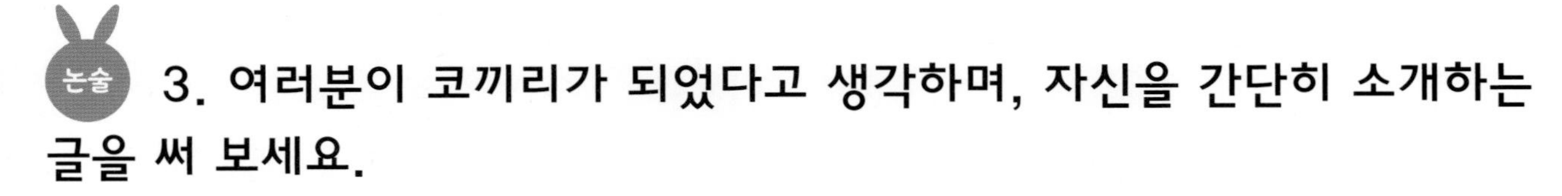

논술 **3. 여러분이 코끼리가 되었다고 생각하며, 자신을 간단히 소개하는 글을 써 보세요.**

02 수중 발레를 하는 돌고래

깊고 푸른 바다에도 놀기 좋아하는 친구가 있어요.

바로 똑똑하고 영리한 돌고래예요. 똑똑하다고 알려진 돌고래는 *아이큐가 70~90 정도라고 해요.

돌고래는 바다에 살지만 사람처럼 새끼를 낳고 젖을 먹여 키워요. 그리고 바닷속에서 헤엄치다가 한 번씩 물 밖으로 나와 숨을 쉬는데, 이때 물 위로 펄쩍 뛰어오르기도 해요. 헤엄을 치면서 날아오르듯 낮게 뛰어오르기도 하고, 그 자리에서 높이 솟아오르기도 하지요.

돌고래들은 자기들만의 언어로 대화를 나누며 어울려 놀기를 좋아해요. 그래서 마치 미리 계획한 것처럼 같은 동작으로 헤엄을 치고 뛰어오르지요. 그 모습은 *수중 발레를 하는 것처럼 멋있답니다.

"뛰어올라! 돌아! 잠수!"

누가 이렇게 명령이라도 한 것처럼 척척 맞추어 *군무를 추지요.

* **아이큐**: 지능 지수. 지능 검사의 결과로 지능의 정도를 수치로 나타낸 것.
* **수중 발레**: 물속에서 추는 춤.
* **군무**: 무리 지어 추는 춤.

과학 탐구 **1. 돌고래가 물 위로 솟아오르는 까닭을 바르게 말한 친구는 누구인가요? (　　　)**

① 숨을 쉬기 위해서야.

② 일광욕을 하기 위해서지.

③ 

2. 돌고래가 서로 대화를 한다는 사실을 어떻게 알 수 있나요? (　　　)

① 돌고래들이 서로 뒤엉켜서 헤엄치므로
② 돌고래들이 소리를 내며 따로따로 헤엄치므로
③ 돌고래들이 계획한 것처럼 같은 동작으로 헤엄치므로

논술 **3. 사람들이 환경을 많이 오염시켜서 돌고래가 멸종될 위기에 빠졌습니다. 돌고래에게 사과하는 쪽지를 써 보세요.**

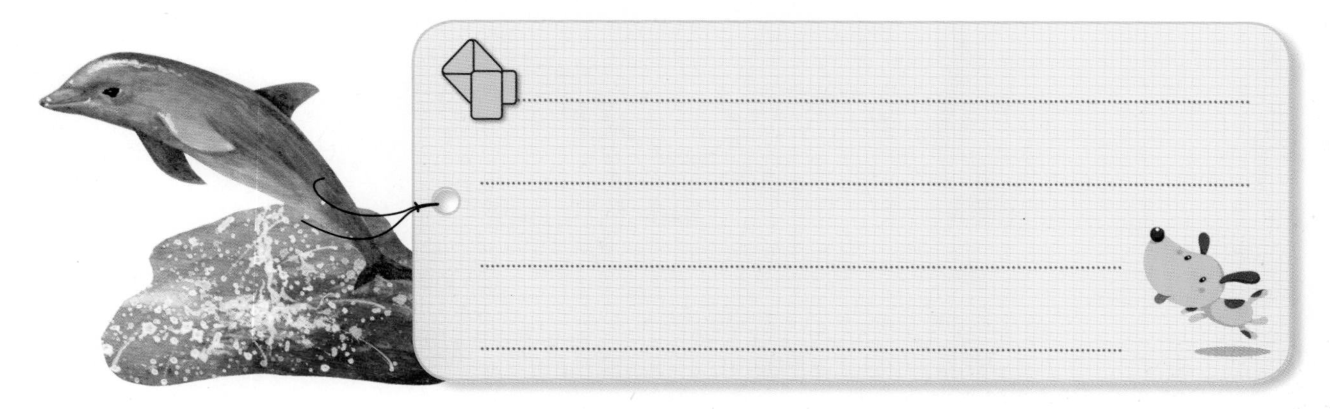

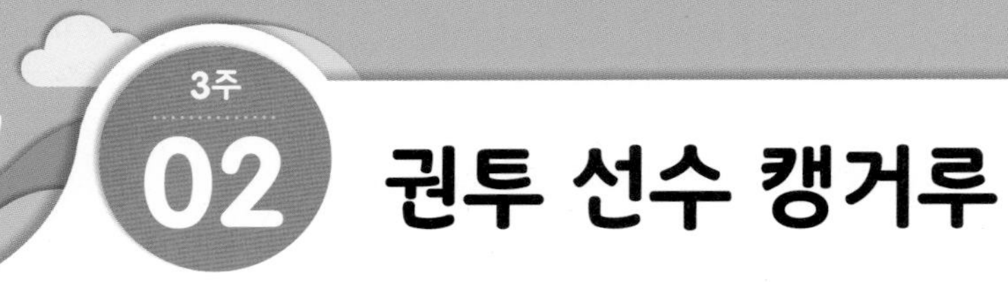

3주

02 권투 선수 캥거루

이 동물은 누구일까요? 오스트레일리아에만 살고요, 새끼를 낳아 기르는 주머니가 있어요. 뒷발이 좁고 길며 뒷다리 힘이 좋아서 한 번에 5미터는 거뜬히 뛸 수 있어요.

눈치챘다고요? 맞아요! 바로 캥거루예요.

캥거루는 뜀뛰기 선수이지요. 뒷발이 발달한 캥거루는 네발을 모두 이용해 달리는 대신에, 뒷발만을 이용해서 폴짝폴짝 뛰어요. 기다란 꼬리로 균형을 잡기 때문에 넘어지지 않아요. 그렇게 한 번 뛰면 단번에 5미터에서 10미터까지 뛰기 때문에 속도는 여느 동물 못지않지요.

뜀뛰기 선수 캥거루는 권투 선수이기도 해요. 캥거루 중에 수컷들은 마치 사람들이 권투 시합을 하는 것처럼 앞발로 다른 수컷을 친답니다. 오른쪽, 왼쪽! 이렇게 앞발을 휙휙 날리는 까닭은 이긴 캥거루가 예쁜 암컷 캥거루와 짝이 되기 때문이래요.

1. 캥거루에 대해 바르게 말한 친구에게 ○표 하세요.

(1) 세계 여러 나라에 널리 퍼져 살아. (　　　)

(2) 새끼를 낳아 기르는 주머니가 있어. (　　　)

(3) 앞발이 발달해서 네발로 빨리 달릴 수 있어. (　　　)

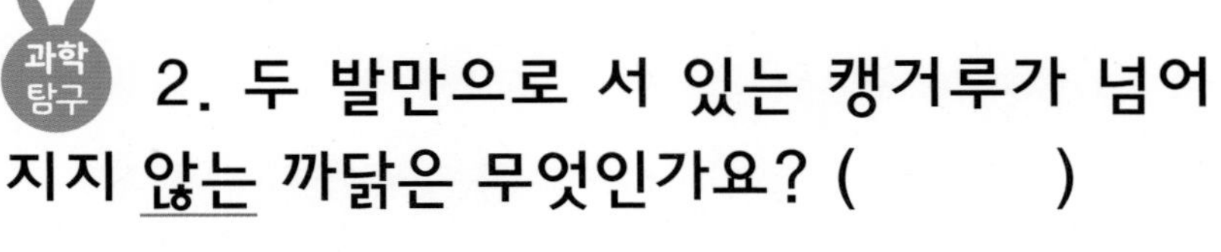

과학 탐구 **2. 두 발만으로 서 있는 캥거루가 넘어지지 않는 까닭은 무엇인가요? (　　　)**

① 배에 주머니가 있어서

② 앞발이 뒷발보다 발달해서

③ 기다란 꼬리로 균형을 잡아서

붙임 딱지 붙여요.

논술 **3. 이 글을 읽고 여러분이 캥거루의 입장이 되어 자신의 특징이나 장기를 소개해 보세요.**

3주

03 뒹굴뒹굴 구르는 판다의 레슬링

판다는 아주 느리고 게으른 동물이라고 생각되지요. 판다가 대나무를 오물거리며 가만히 앉아 있는 모습을 자주 볼 수 있기 때문일 거예요.

실제로 판다는 하루 종일 부지런히 대나무를 먹어요. 대나무의 여린 줄기와 잎, 싹을 먹느라 꼼짝도 않을 때가 많지요.

판다가 이렇게 하루 종일 대나무를 먹는 건 대나무를 많이 먹어야 살 수 있기 때문이에요. 그래서 누구보다 부지런히 손과 입을 움직이지요. 하루 동안에 10킬로그램이 넘는 대나무를 먹으려면 게으를 틈이 없거든요.

장난치며 노는 것을 좋아하는 판다는 오물오물 대나무잎을 먹다가도 잽싸게 나무에 올라 앞발로 툭 서로를 건드리고, 부둥켜안고 데굴데굴 구르며 레슬링 놀이를 한답니다.

1. 다음 보기 의 밑줄 친 말과 바꾸어 쓸 수 있는 말은 무엇인가요?

( )

보기

판다는 아주 <u>느리고 게으르게</u> 보인다.

① 굼뜨게 ② 재빠르게 ③ 지혜롭게

예체능 **2. 판다의 생김새는 몇 가지 뚜렷한 특징을 가지고 있습니다. 다음 그림의 판다 몸에서 색이 검은 부분을 찾아 색칠해 보세요.**

논술 **3. 사람들은 판다가 앉아서 먹기만 하는 것을 보고 게으르다고 생각합니다. 여러분이 판다라면 사람들에게 무슨 말을 해 주고 싶은지 써 보세요.**

3주

03 누가 오나? 미어캣의 망보기

멀리 또 가까이, 낮은 곳도 높은 곳도 샅샅이 살펴요. 혹시라도 가족을 위협하는 무엇인가가 나타날까 봐 한눈팔지 않고 구석구석 둘러보아요.

이렇게 열심히 망을 보는 동물은 누구일까요?

바로 아프리카 사막의 파수꾼, 미어캣이에요.

미어캣은 등을 곧게 펴고 차렷 자세로 서서 위아래, 양옆을 고루 살펴요. 서로서로 돌아가며 밤낮없이 망을 보지요. 누가 시키지 않아도 어린 새끼들까지 망보기 놀이를 해요.

미어캣은 태어날 때부터 눈 주위가 검어요. 선글라스를 낀 것 같은 검은 눈가 덕분에 사막의 뜨거운 햇볕으로부터 눈을 보호할 수 있어요.

이렇게 열심히 망을 보는 미어캣을 보고, 아프리카의 원주민* 부족들은 마을을 지키는 수호신이라며 '태양의 수호천사'라고 부른답니다.

* **원주민**: 그 지역에 원래 살고 있는 사람들.

언어 **1. 보기 의 밑줄 친 말과 바꾸어 쓸 수 있는 말은 어느 것인가요?**

( )

보기 미어캣은 낮은 곳도 높은 곳도 샅샅이 살펴봅니다.

① 대충대충 ② 아주 힘없이 ③ 빈틈없이 모두

과학 탐구 **2. 글과 사진을 보고 알 수 있는 미어캣의 특징이 아닌 것은 무엇인가요? ( )**

① 두 발로 설 수 있습니다.

② 무리를 지어 생활합니다.

③ 사막의 햇볕 때문에 밤에 활동합니다.

논술 **3. 미어캣은 '태양의 수호천사'라는 별명을 가지고 있습니다. 여러분이 미어캣의 다른 별명을 짓고, 그 별명을 지은 까닭을 써 보세요.**

(1) 별명: ....

(2) 별명을 지은 까닭: ....

3주

03 매달리기 선수 긴팔원숭이

긴팔원숭이는 동남아시아의 울창한 밀림 지대에 살아요. 밀림의 나무 위에서 주로 먹고 자고 놀지요.

긴팔원숭이는 이름처럼 팔이 아주 길어요. 그래서 나무와 나무 사이를 옮겨 다닐 때 무척 편리해요. 멀리 있는 나무 열매를 따 먹을 때도 긴 팔을 쭉 뻗으면 되고요. 멀리 떨어진 나무로 이동하고 싶을 때도 긴 팔을 쭉 뻗어서 닿고 싶은 나무의 가지를 붙잡고 휘잉 옮겨 갈 수 있어요.

긴팔원숭이는 나무에 매달려 놀기도 좋아해요. 한 팔로 매달리기, 두 팔로 매달리기, 매달려 재주넘기, 나무와 나무 줄줄이 옮겨 타기……. 대롱대롱 매달리기 재주는 *올림픽의 철봉 체조 선수에 뒤지지 않는답니다.

* **올림픽**: 4년에 한 번씩 열리는 국제 운동 경기 대회.

언어 1. 긴팔원숭이와 같이 이름에 생김새가 나타난 동물이 아닌 것은 어느 것인가요? (　　　)

① 

사막여우

② 

안경원숭이

③ 

개코원숭이

과학 탐구 2. 긴팔원숭이의 특징이 아닌 것은 어느 것인가요? (　　　)

① 팔이 아주 깁니다.

② 추운 남극에서 살고 있습니다.

③ 나무에 매달려 놀기를 좋아합니다.

3주 3일 학습 끝!

붙임 딱지 붙여요.

논술 3. 긴팔원숭이를 철봉 체조 선수에 빗대어 말한 까닭을 긴팔원숭이가 말하듯이 써 보세요.

3주

04 다람쥐의 보물찾기

소복소복 눈 내린 날, 숲에 가 본 적이 있나요?

눈이 발밑에 하얗게 쌓이기를 기다리는 사이, 다람쥐들은 눈밭을 쪼르르 뛰어다니며 보물찾기 놀이를 한답니다.

'나무 밑에 있나? 바위 밑에 있나? 바위틈에 있나?'

'어디 뒀더라?'

다람쥐들은 바쁘게 여기저기 찾아다녀요. 여기도 파 보고, 저기도 파 보고! 무엇을 찾는 걸까요? 지난가을 내내 부지런히 묻어 둔 맛있는 먹이를 찾는 거예요. 잘 익은 도토리와 맛있는 밤, 잣 등을 찾는 것이지요. 이렇게 다람쥐는 *겨우내 열매 찾기 놀이를 해요. 배가 고파서 찾고, 입이 궁금해서 찾고!

다람쥐가 못 찾은 열매들은 *이듬해 봄, 파랗게 싹을 틔우지요. 그리고 숲을 이루는 나무로 자란답니다. 부지런한 다람쥐가 나무를 심은 셈이에요.

* **겨우내**: 한겨울 동안 계속해서.
* **이듬해**: 바로 다음의 해.

과학탐구 **1. 다람쥐의 생활을 바르게 설명한 것은 어느 것인가요? (　　　)**

① 다람쥐는 나무에서만 생활합니다.
② 다람쥐는 금방 딴 도토리만 먹습니다.
③ 다람쥐는 숨겨 둔 먹이를 찾기 위해 이리저리 다닙니다.

과학탐구 **2. 다람쥐가 묻어 놓고 못 찾은 열매는 싹을 틔우고 숲을 이루는 나무로 자라기도 합니다. 식물이 잘 자라기 위해 꼭 필요한 것은 무엇이 있을지 보기 에서 모두 골라 ○표 해 보세요.**

보기　물　흙　눈　햇빛　추위

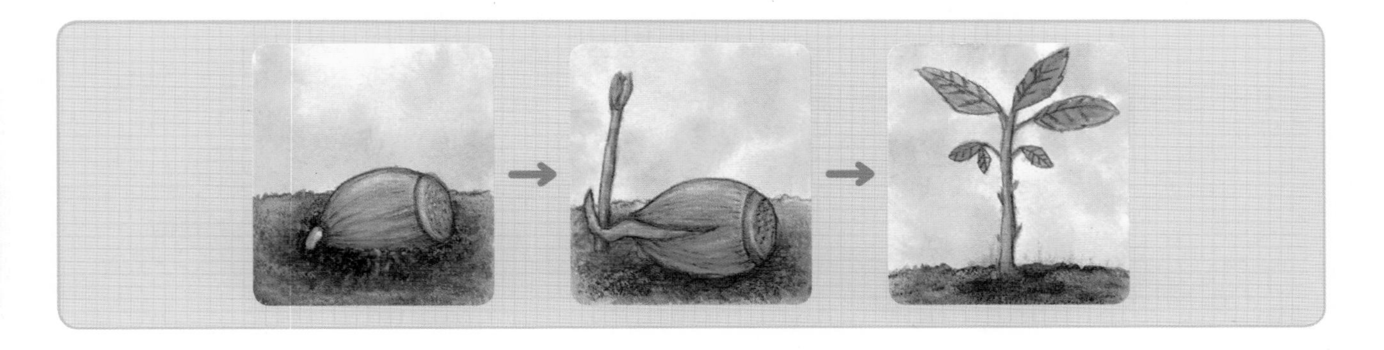

논술 **3. 다람쥐는 도토리를 숨겨 놓고 찾지 못하기도 합니다. 다람쥐에게 도토리를 어떻게 찾으면 좋을지 알려 주는 글을 써 보세요.**

어디에 있을까?

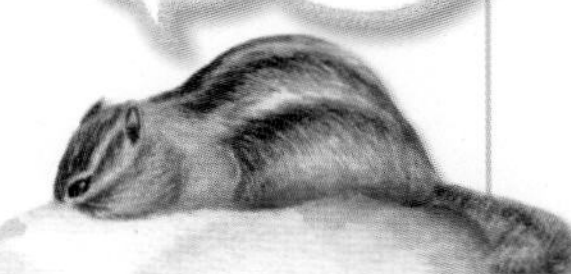

3주

04 온천욕을 즐기는 일본원숭이

원숭이들은 장난치며 노는 것을 정말 좋아해요. 서로 쫓거나 뒹굴고, 다정하게 앉아 이를 잡아 주면서 놀지요. 긴팔원숭이처럼 나무에 대롱대롱 매달리거나 나무를 타며 놀기도 해요.

일본원숭이들은 특이하게도 온천욕*을 즐겨요. 사람처럼 뜨거운 온천에 몸을 담그고 '아, 시원하다!' 하는 표정으로 앉아 있지요.

김이 모락모락 피어오르는 온천에 앉아 있는 모습은 꼭 사람 같아요. 사람들이 옹기종기 모여 앉아 서로의 등을 밀어 주는 것처럼, 일본원숭이들은 다정하게 서로 털을 고르지요. 새끼들은 물장난을 치며 뛰어다녀요. 바나나 같은 먹을 것을 들고 온천을 찾는 녀석들도 있고요.

온천을 나온 새끼들은 엄마 품에 안겨서 "내일 또 와요!" 하고 조르는 것만 같답니다.

* **온천욕**: 땅속의 열로 데워진 뜨거운 지하수인 온천에서 하는 목욕.

언어 1. 다음 빈칸에 들어갈 알맞은 말을 보기 에서 찾아 써 보세요.

보기 대롱대롱 옹기종기 모락모락

(1) 사람들이 ____________ 모여 앉아 있습니다.

(2) 원숭이가 나무에 ____________ 매달립니다.

(3) 온천에서 뜨거운 김이 ____________ 피어오릅니다.

과학 탐구 2. 원숭이들의 특징에 알맞게 줄로 이어 보세요.

(1) 일본원숭이들이 특이하게 즐겨요. • • ㉠

(2) 일본원숭이뿐 아니라 많은 원숭이들이 즐겨요. • • ㉡

논술 3. 일본원숭이들은 온천욕을 즐기며 무슨 생각을 하고 있을지 상상하여 써 보세요.

3주

04 휘적휘적 춤추는 타조

알을 깨고 나오는 새는 입 대신 부리를, 팔 대신 하늘을 훨훨 날 수 있는 날개를 가지고 있어요. 그런데 날개를 가진 새 중에 날지 못하는 새도 있답니다. 타조나 펭귄처럼 말이에요.

하지만 괜찮아요. 펭귄은 수영을 잘하고, 타조는 아주 빠르게 달릴 수 있거든요.

타조는 춤도 매우 멋지게 춘답니다. 예쁜 짝꿍을 만나면 수컷은 두 날개를 활짝 펼치고 목을 이리저리 움직이며 춤 실력을 뽐내지요.

"어때요? 내 춤이 마음에 드나요? 그렇다면 내 짝이 되어 주세요!"

동물들은 이렇듯 저마다 특별하게 먹이를 잡는 법과 가족을 지키는 법을 배워요. 사랑하는 짝을 얻는 법, 목숨을 지키는 법도 배우지요. 이러한 동물들의 재미난 모습이 사람들의 놀이와 닮지 않았나요?

1. 보통의 새와는 다른 타조의 특징은 어느 것인가요? (　　　)

① 알을 낳습니다.

② 날개가 있습니다.

③ 하늘을 날 수 없습니다.

2. 타조가 날개를 펴며 춤을 추는 까닭을 바르게 말한 친구는 누구인가요? (　　　)

① 기분이 좋기 때문이야.

② 적을 경계하기 위해서야.

③ 마음에 드는 짝꿍을 얻기 위해서야.

3. 타조는 다른 새처럼 날지는 못하지만 아주 빨리 달릴 수 있습니다. 여러분이 다른 친구들보다 잘하는 일은 무엇이 있는지 보기 와 같이 써 보세요.

3주 4일 학습 끝!

붙임 딱지 붙여요.

보기 나는 재미있는 만화와 아름다운 풍경 그림을 잘 그립니다.

3주 05

되돌아봐요

'동물 친구들도 노는 게 좋대요'를 잘 읽었나요? 다음에서 찾고 있는 동물들을 보기 에서 골라 번호를 써 보세요.

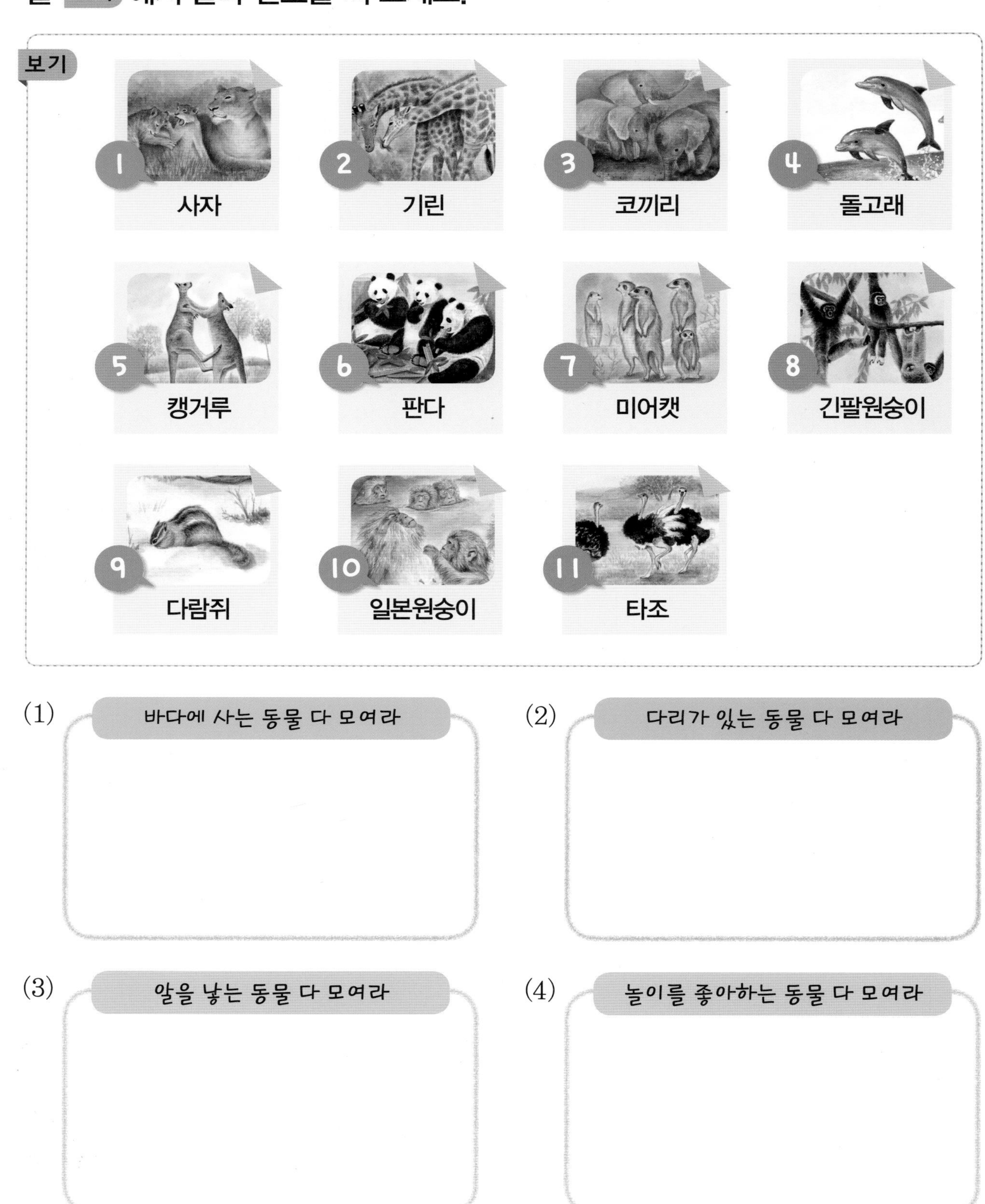

2 다음 동물들의 놀이와 비슷한 사람들의 모습을 찾아 줄로 이어 보세요.

(1)  • • ㉠ 

(2)  • • ㉡ 

(3)   • • ㉢ 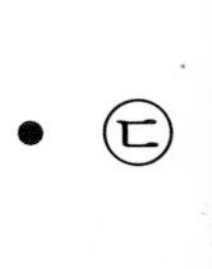 

(4)  • • ㉣ 

3 다음 그림에서 고양이가 노는 모습을 살펴보고, 고양이의 놀이에 이름을 붙인 뒤 그렇게 노는 까닭이 무엇일지 생각하여 써 보세요.

(1) 놀이 이름: ....

(2) 놀이를 하는 까닭: ....

....

....

궁금해요

동물들의 이야기를 들어 봐요!

나는 용감하고 힘세기로 소문난 동물이지요! 우리 중 수컷은 목도리처럼 멋진 갈기를 가지고 있어요. 내가 큰 앞발을 휘두르고 날카로운 이빨로 먹이를 잡는 모습을 보면 깜짝 놀랄걸요! 우리는 아프리카에 많이 살아요.

길고 쭉 뻗은 목은 나의 자랑이지요. 목이 길다 보니 우리 키는 보통 5미터가 넘어요. 큰 키로 높은 곳의 잎도 쉽게 먹고, 위험을 빨리 알아챌 수 있으니 사나운 맹수가 많은 아프리카에서 살기 좋겠죠?

'코끼리 아저씨는 코가 손이래'라는 노랫말을 아나요? 나는 긴 코를 가지고 있어서 코끼리라고 해요. 코를 손처럼 써서 풀이나 열매를 코로 집어 먹지요.
우리는 아프리카나 동남아시아에 주로 살고 있어요.

사자

기린

코끼리

돌고래

캥거루

판다

나는 바다에서 똑똑한 친구로 소문나 있죠. 알이 아닌 새끼로 태어나 젖을 먹고 자란답니다.
우리는 태평양이나 대서양 그리고 인도양 같은 넓은 바다에 살아요. 바다에 놀러 오면 나를 불러 보아요!

나는 어릴 때는 엄마 배에 달린 커다란 주머니에서 자라요. 어린 아기들이 포대기에 업혀서 사는 것처럼 말이지요.
우리는 멀리 남쪽 오스트레일리아와 근처 섬에서 껑충껑충 뛰어다니며 살고 있답니다.

나는 특별한 외모로 여러분의 사랑을 많이 받지요. 그런데 우리가 좋아하는 대나무 숲이 많이 줄어들고 우리들도 많이 줄어서 멸종 위기 동물이 되었어요. 우리 동물들을 위해 자연환경을 보호해 주세요.

나는 여러분이 좋아하는 만화 영화에도 출연한 유명 인사랍니다. 서로를 지키며 망을 보는 모습이 우리 매력이지요. 이래 봬도 무서운 독이 있는 전갈이나 뱀을 잡아먹어요. 주로 아프리카의 사막에 살아요.

여러분은 철봉을 좋아하나요? 우리 철봉 실력은 최고지요. 우리는 새처럼 날지는 못하지만 나무와 나무 사이를 옮겨 다니는 모습이 날아다니는 것 못지않답니다.
우리는 동남아시아의 울창한 숲속에 살아요.

나를 만나고 싶으면 산으로 오세요! 우리는 한국, 중국, 일본, 카자흐스탄, 몽골, 러시아 등에서 살아요.
나는 추운 겨울에 겨울잠을 자기 전에 먹이를 저장해 둬요. 빵빵한 볼주머니에 먹이를 저장할 수 있지요.

나는 무려 시속 90킬로미터의 속도로 빨리 달릴 수 있어요. 한 시간에 90킬로미터를 갈 수 있는 속도인 거지요. 둥지를 지킬 때나 지쳐서 도망갈 수 없을 때는 긴 다리로 발길질을 해요. 주로 아프리카에 살아요.

내가 뜨거운 온천욕을 좋아한다는 소식을 들었나요? 우리는 20~30마리가 무리를 지어 생활한답니다. 그래서 온천욕도 함께하고요. 겨울에는 추위를 이겨 내기 위해 털이 두꺼워져요.

여러분이 동물이 된다면 가장 되고 싶은 동물과 그 까닭을 써 보세요.

내가 할래요

놀이처럼 즐거운 일을 찾아봐요

여러분이 놀이처럼 재미있게 할 수 있는 일, 하면서 보람을 느끼는 일, 잘하는 일은 무엇인가요? 그런 일들을 생각하여, 여러분이 즐겁게 일할 수 있는 장래 희망을 보기 와 같이 써 보세요.

보기

(1) 내가 재미있게 할 수 있는 일: 컴퓨터 게임

(2) 하면서 보람을 느끼는 일: 봉사 활동

(3) 내가 잘하는 일: 축구

(4) 위의 세 가지를 생각한 나의 장래 희망:
컴퓨터 축구 게임을 만들어서 어려운 이웃을 돕습니다.

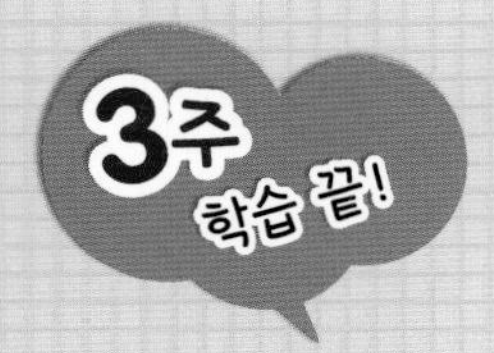

확인할 내용	잘함	보통임	부족함
1. 이번 주 학습을 5일(월요일~금요일) 안에 끝마쳤나요?			
2. 여러 동물들의 생활과 놀이를 잘 이해하였나요?			
3. 동물의 입장에서 상상하여 글을 쓸 수 있나요?			
4. 동물들의 생활과 놀이를 사람과 비교할 수 있나요?			

(1) 내가 재미있게 할 수 있는 일:

(2) 하면서 보람을 느끼는 일 :

(3) 내가 잘하는 일 :

(4) 위의 세 가지를 생각한 나의 장래 희망:

붙임 딱지 붙여요.

4주 머리가 좋아지는 똑똑한 놀이

생각톡톡 여러분이 친구들과 자주 하는 놀이는 무엇인지 써 보세요.

관련교과

[수학 1-1] 여러 가지 모양 알기 / 한 자리 수와 두 자리 수의 덧셈하기와 뺄셈하기
[통합교과 봄1] 규칙을 지켜 친구와 놀기
[통합교과 여름1] 가족과 여러 가지 놀이하기

4주

01 머리가 좋아지는 똑똑한 놀이

실뜨기

장난감이 따로 없던 시절에는 실 하나로도 재미있게 놀았어요.

1미터쯤 되는 실과 놀이할 사람만 있으면, 언제 어디서나 실뜨기 놀이를 할 수 있어요.

실뜨기는 우리나라뿐만 아니라, 아프리카나 북아메리카의 인디오, 남아메리카와 오세아니아의 원주민들에게서도 발견될 만큼 많은 사람들이 좋아하는 놀이 중 하나예요.

손재주도 좋아지고 머리도 좋아지는 실뜨기 놀이, 한번 해 볼까요?

놀이 방법

준비물 1미터 남짓 되는 적당한 굵기의 실

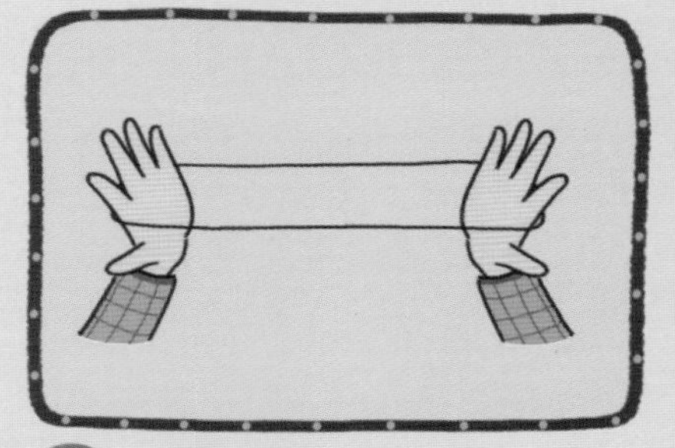

1 실의 양 끝을 묶어 고리 모양을 만든 다음 양손에 걸어요.

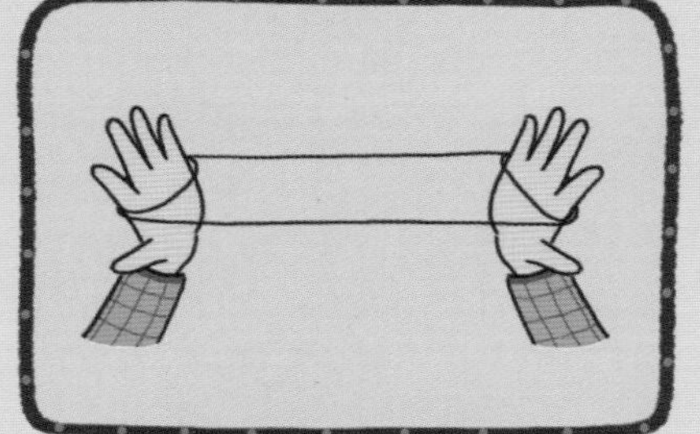

2 양손에 한 번씩 감아요.

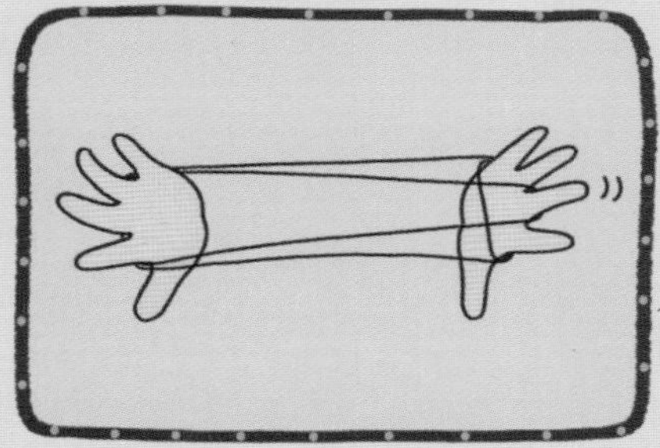

3 가운뎃손가락으로 각각 반대편 실을 끌어와요.

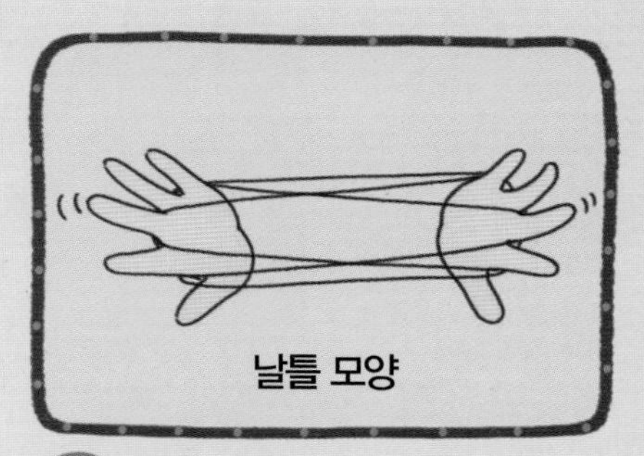

날틀 모양

4 그러면 날틀 모양이 완성돼요.

쟁반 모양

젓가락 모양

5 놀이하는 사람과 번갈아 가며 실을 떠, 쟁반 모양, 젓가락 모양 등 여러 가지 모양을 만들어요.

이해력 **1. 실뜨기에 대한 설명으로 알맞은 내용에 ◯표, 알맞지 않은 내용에 ×표 하세요.**

(1) 실뜨기 놀이를 하면 손재주가 좋아집니다. (   )

(2) 실뜨기 놀이는 실만 있으면 할 수 있습니다. (   )

(3) 실뜨기는 우리나라에서 처음 시작된 것입니다. (   )

분석력 **2. 이 글에서 이야기한 실뜨기가 발견된 곳에 모두 ◯표 하세요.**

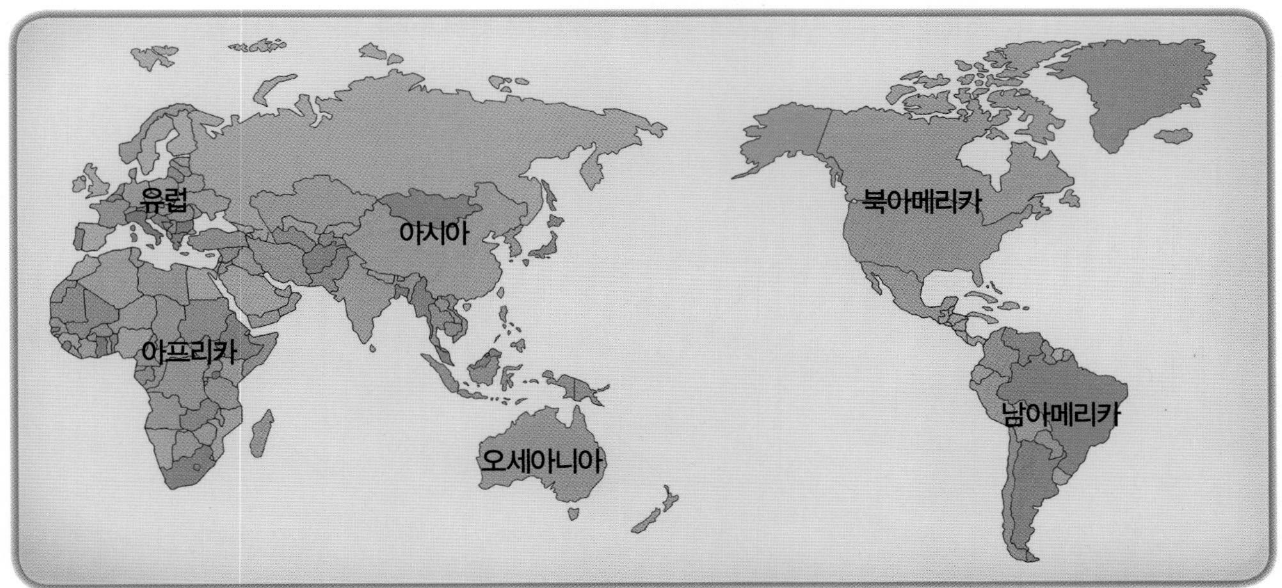

분석력 **3. 여러분이 직접 실뜨기를 해 보고, 다음 손 모양으로 만들어진 실뜨기의 모양을 그려 보세요.**

칠교놀이

칠교놀이는 칠교도를 가지고 여러 가지 모양을 만드는 놀이예요. 칠교도란 가로세로 길이가 같은 나무판자를 직각 삼각형 큰 것 둘, 중간 것 하나, 작은 것 둘과 정사각형 하나, 평행 사변형 하나로 자른 장난감이에요. 이것을 이리저리 맞추어 동물, 식물, 건축물, 글자 등 여러 가지 모양을 만들 수 있는데, 그 수가 무려 300개가 넘지요.

두꺼운 종이로 칠교도를 만들어 칠교놀이를 간단히 해 보아요.

놀이 방법

준비물 두꺼운 종이, 가위, 크레파스(또는 색연필)

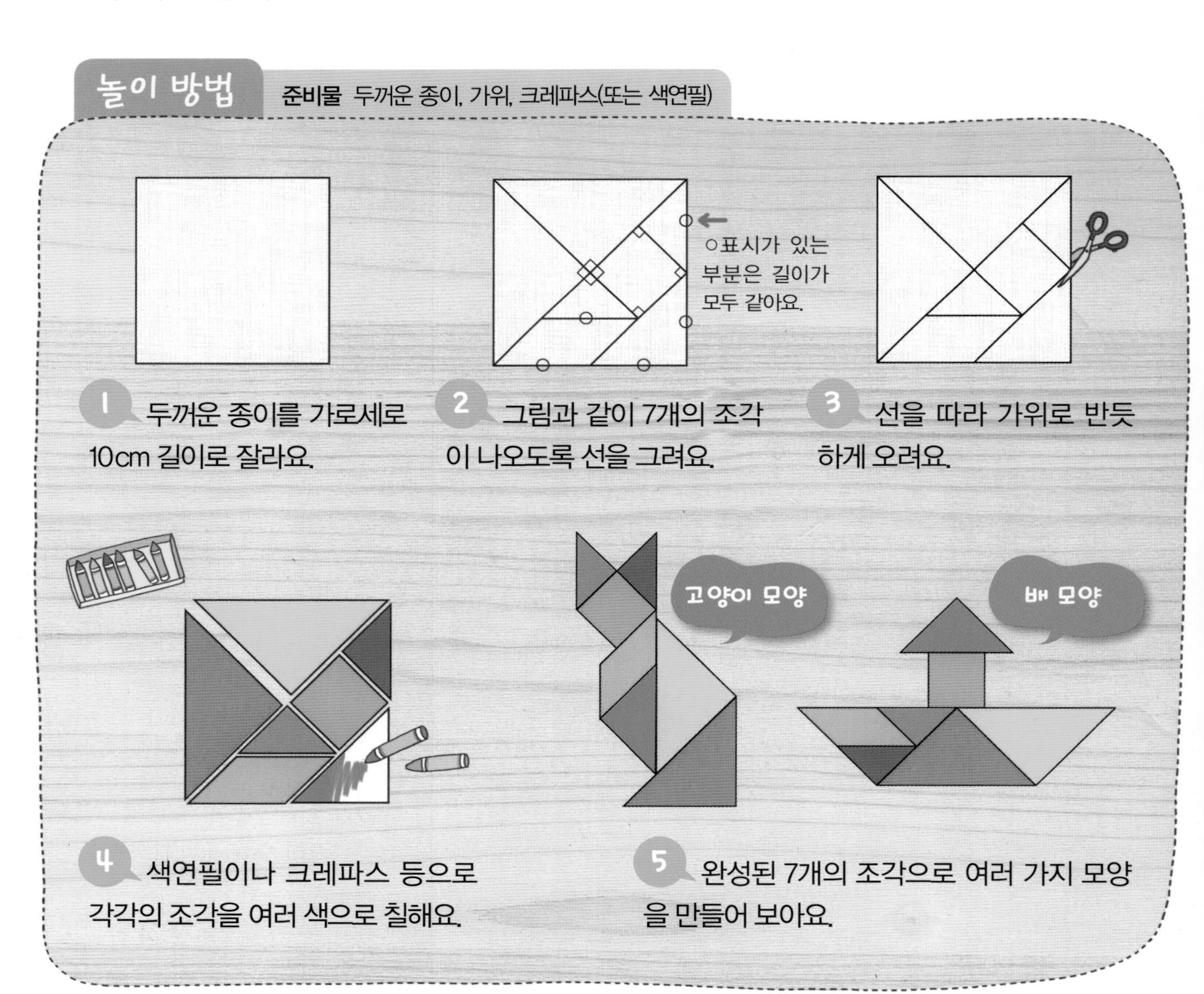

이해력 1. 다음 중 칠교놀이에 쓰이지 않는 모양은 어느 것인가요? (   )

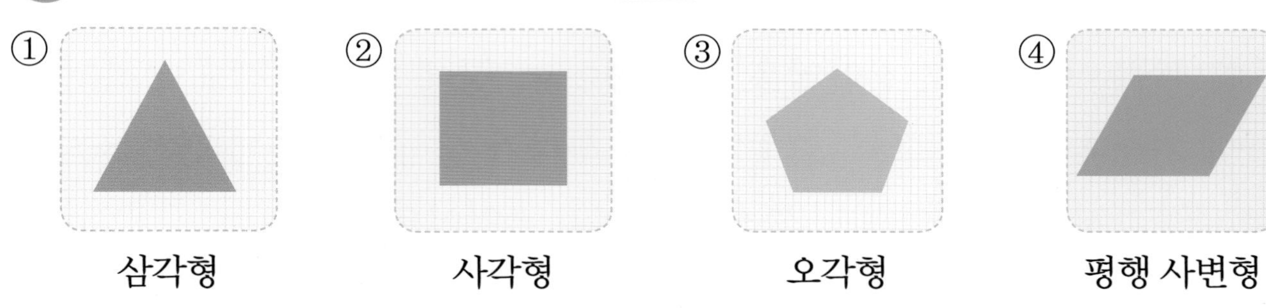

분석력 2. 다음은 칠교도 만드는 방법을 나타낸 그림입니다. 만드는 순서에 맞게 번호를 쓰세요.

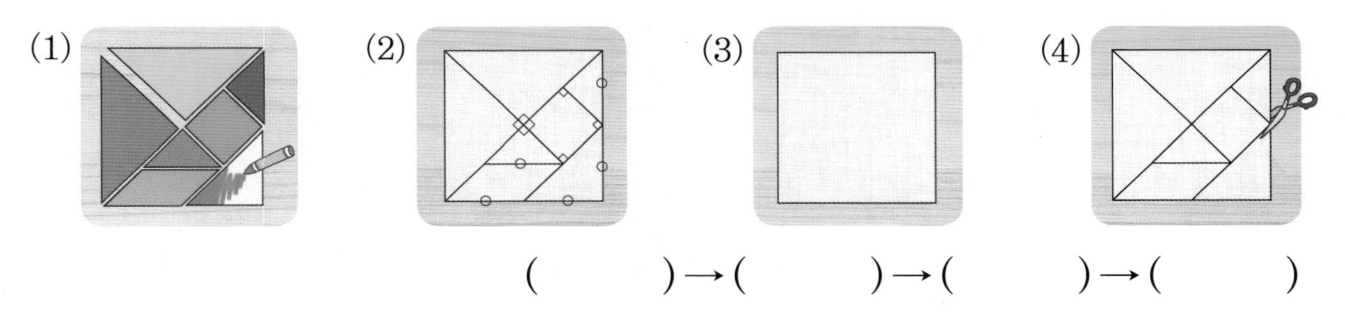

(   ) → (   ) → (   ) → (   )

추리력 3. 다음은 칠교도로 동물 모양을 만든 것입니다. 어떤 동물일지 생각하여 빈칸에 써 보세요.

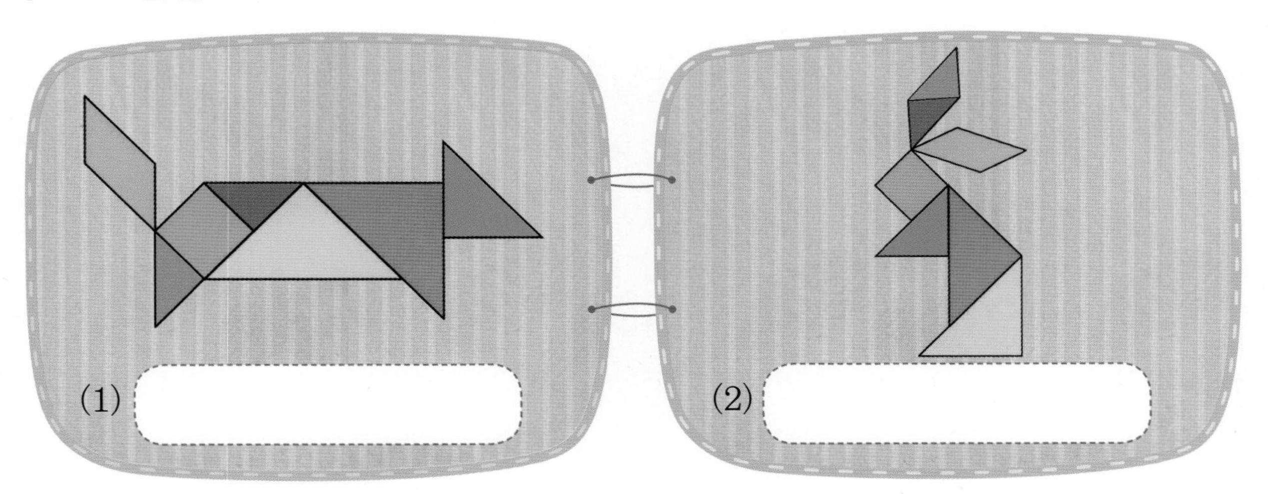

성냥개비 놀이

옛날에는 아이들도 집안일을 많이 했어요. 산에 가서 땔감도 구하고, 들에 가서 나물도 캐고요. 그렇게 일을 하다가 심심하면 손에 잡히는 대로 나뭇가지를 툭 꺾어 장난감 삼아 가지고 놀았어요.

아이들은 나뭇가지 하나로도 여러 가지 놀이를 할 수 있었답니다. 작은 나뭇가지로 여러 가지 모양을 만들던 놀이를, 주위에서 쉽게 구할 수 있는 성냥개비나 이쑤시개, 나무젓가락을 이용해서 해 보아요.

놀이 방법

준비물 성냥개비(또는 이쑤시개나 나무젓가락)

✦ 날아가는 새 방향 바꾸기

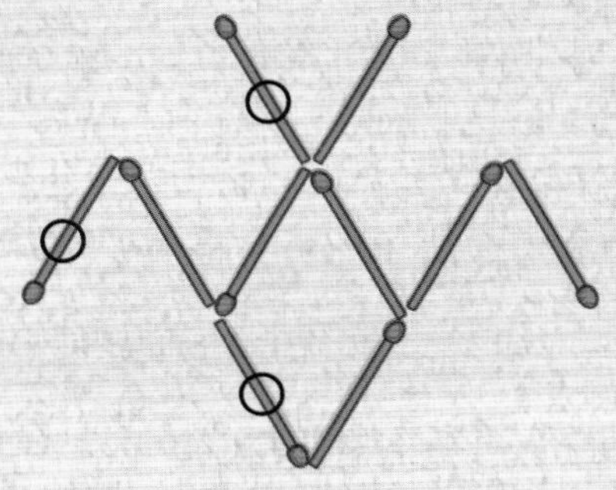

1 성냥개비 10개로 날아가는 새 모양을 만들어 보아요.

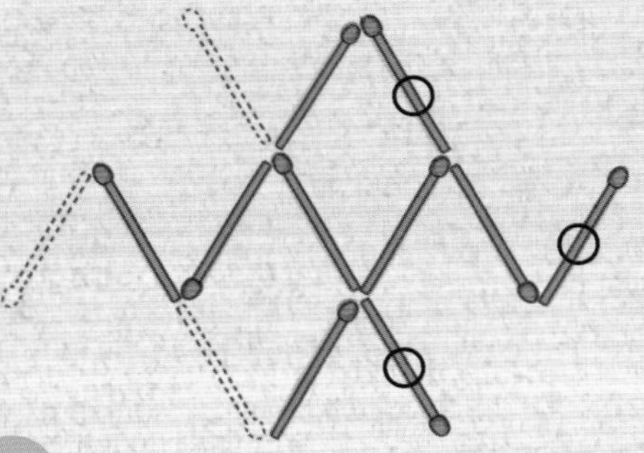

2 성냥개비 3개를 옮겨 새가 날아가는 방향을 바꾸어 보아요.

✦ 집 방향 바꾸기

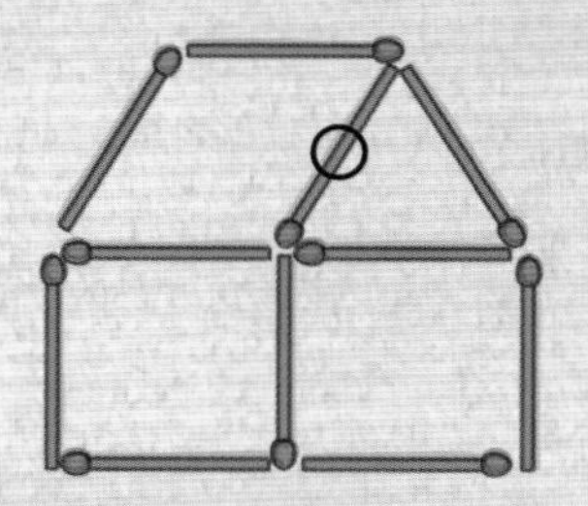

1 성냥개비 11개로 집 모양을 만들어 보아요.

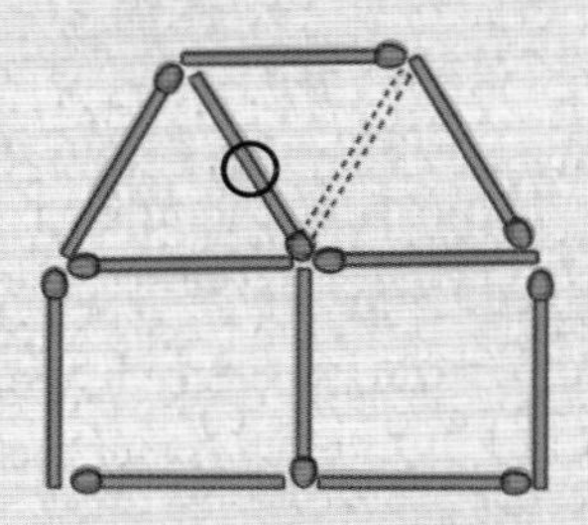

2 성냥개비를 1개만 옮겨 집이 바라보는 방향을 바꾸어 보아요.

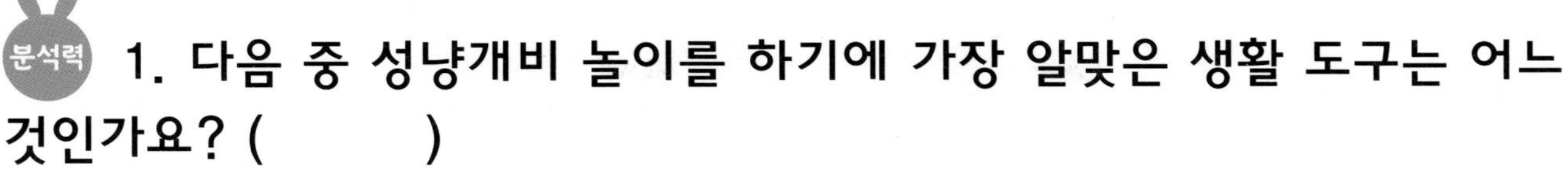

분석력 1. 다음 중 성냥개비 놀이를 하기에 가장 알맞은 생활 도구는 어느 것인가요? (　　　)

①

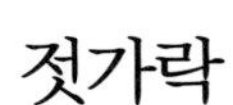

젓가락

② 

솥뚜껑

③ 

세숫대야

비판력 2. 다음 중 성냥개비, 이쑤시개, 나무젓가락의 공통점을 알맞게 말하지 못한 친구는 누구인가요? (　　　)

① 

② 

③ 

추리력 3. 성냥개비나 이쑤시개 9개로 다음과 같이 세모 모양 3개를 만들어 보세요. 그리고 성냥개비를 2개만 옮겨서 크기가 같은 세모 모양 4개를 만들고, 그 모양을 그려 보세요.

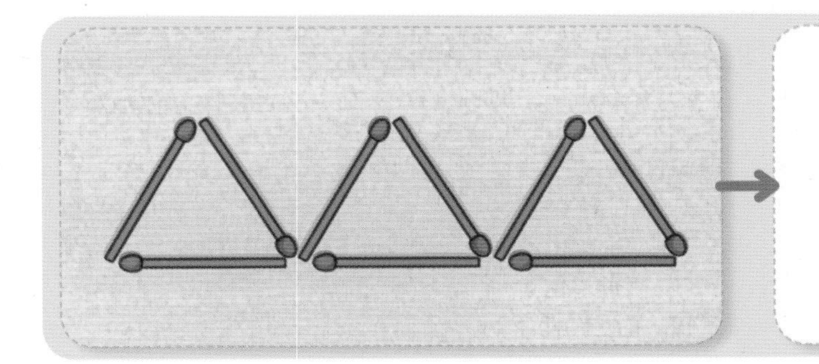

붙임 딱지 붙여요.

십자말풀이

십자말풀이는 일종의 낱말 퍼즐이에요. 19세기경 영국의 어린이 잡지에 실린 것을 영국인 '윈'이 미국 신문에 연재하며 널리 알려졌어요.

십자말풀이는 글자가 들어가는 칸만 색칠되어 있지 않은 바둑판 모양의 표를 주어진 낱말 풀이 열쇠를 읽고 채워 가는 놀이예요. 이때 가로와 세로가 서로 겹치는 칸에는 같은 글자가 들어가요.

함께 해 볼까요?

	①			② 보
③ 인	형		④	석
	⑤	⑥		상
⑦ 비		⑧	⑨	
⑩ 단			⑪ 전	쟁

아래에 있는 가로 열쇠와 세로 열쇠를 읽고 십자말풀이의 빈칸을 채워 보세요.

(답은 146쪽에)

가로 열쇠

③ 사람이나 동물 모양으로 만든 장난감.
④ N극과 S극으로 이루어진, 쇠를 끌어당기는 성질이 있는 물체.
⑤ "흥부와 놀부"에서 박씨를 물어다 준 새.
⑧ 좋은 운. 행복한 운수.
⑩ 음력 5월 5일로 우리나라 명절의 하나. 창포물에 머리를 감음.
⑪ 국가와 국가가 무력으로 싸움.

세로 열쇠

① 피를 나누지는 않았지만 피를 나눈 형과 아우처럼 지내기로 한 형제.
② 보석을 사고파는 일을 하는 사람. 또는 그 가게.
⑥ 공중으로 날아가거나 날아다님.
⑦ 명주실로 짠 광택이 나는 천. 가볍고 부드러움.
⑨ 기계나 자동차를 움직여 부림.

1. 십자말풀이가 처음 생겨난 때는 언제인가요? (　　　)

① 정확한 시기를 알 수 없습니다.

② 19세기경 영국의 어린이 잡지에 실렸습니다.

③ '윈'이라는 사람이 미국 신문에 연재하면서 시작되었습니다.

2. 다음 십자말풀이의 빈칸에 들어갈 말을 써 보세요.

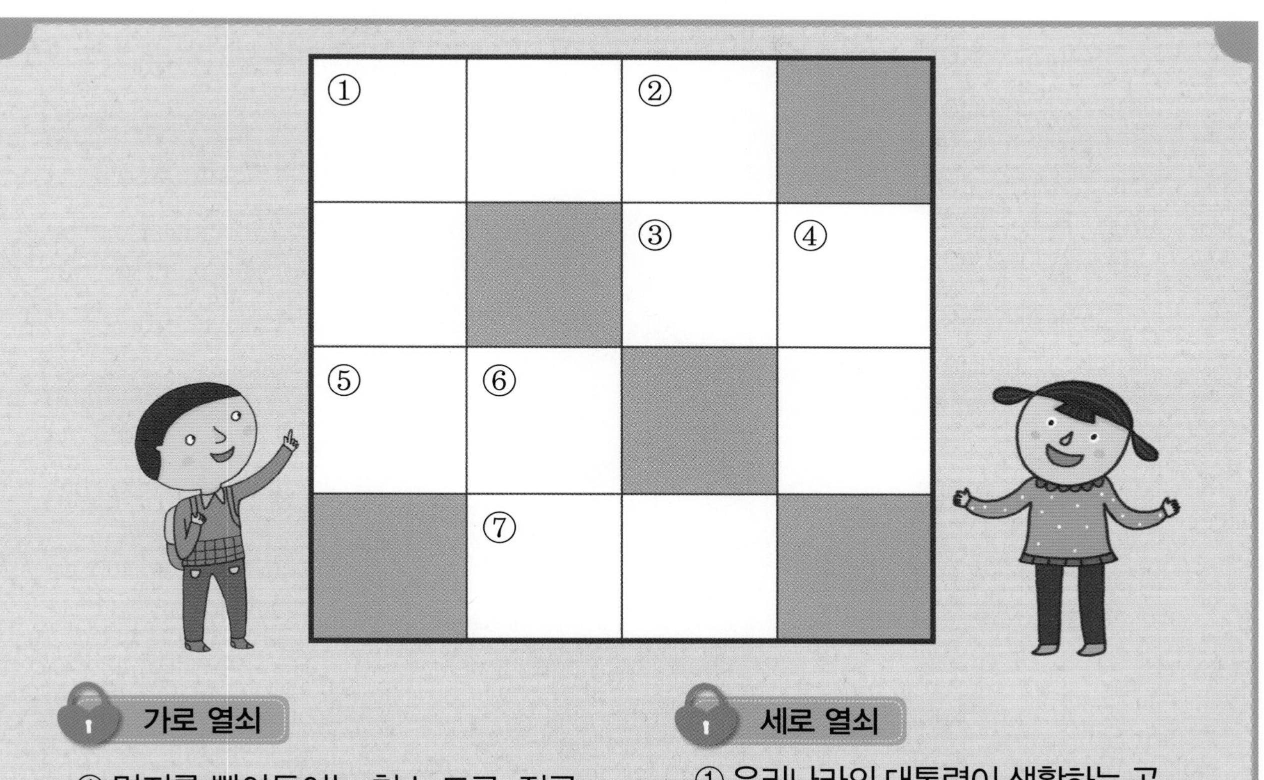

가로 열쇠

① 먼지를 빨아들이는 청소 도구. 진공 ○○○

③ 차를 타는 데에 드는 비용. 찻삯.

⑤ 전체를 하나로 나타내는 것. 반장은 우리 반 ○○

⑦ 태양에서 셋째로 가까운 행성. 우리가 사는 곳.

세로 열쇠

① 우리나라의 대통령이 생활하는 곳.

② 기관차에 여객차나 화물차를 이어 궤도 위를 움직이는 긴 차.

④ 때를 씻어 낼 때 쓰는 물건. 물에 녹으면 거품이 생김.

⑥ 책의 맨 앞뒤의 겉장.

숨은그림찾기

숨은그림찾기는 복잡한 그림 속에 숨겨진 작은 그림을 찾는 놀이입니다. 찾아야 하는 사물의 특징을 잘 알고, 그림을 꼼꼼히 살펴야 문제를 풀 수 있기 때문에 집중력과 관찰력을 길러 주지요.

숨은그림찾기와 비슷한 놀이로 다른 그림 찾기가 있습니다. 다른 그림 찾기는 언뜻 보아 똑같아 보이는 두 그림에서 서로 다른 부분을 찾아내는 놀이입니다. 먼저 다음 숨은그림찾기를 직접 해 보세요.

숨은그림찾기

다음 그림에서 ㄱ, ㄴ, ㄷ, ㄹ, ㅁ을 찾아 ○표 하세요. (답은 146쪽에)

숨은 그림: 칫솔, 우산, 컵, 전화기, 바나나 (답은 146쪽에)

분석력 1. 왼쪽 그림은 화가 주세페 아르침볼도의 '여름'이라는 작품입니다. 이 그림에서 얼굴을 표현하는 데 사용된 재료를 다음에서 모두 찾아 ○표 하세요.

채소 곤충 과일 학용품

분석력 2. 다음은 다른 그림 찾기 그림입니다. 두 그림에서 서로 다른 부분 다섯 군데를 찾아 아래 그림에 ○표 해 보세요.

똑같은 그림 아니냐고? 자세히 뜯어보면 서로 다른 부분이 보일 거야.

미로 찾기

한번 들어가면 다시 빠져나오기 어려운 길을 '미로'라고 해요.

그리스 신화에도 미로와 관련된 이야기가 나와요. 아테네의 왕자 '테세우스'는 괴물 '미노타우로스'가 있는 복잡한 미로에 *실패를 들고 들어가요. 실의 끝을 입구에 묶은 테세우스는 실을 천천히 풀면서 들어갔다가 나올 때 그 실을 다시 감는 방법으로 미로를 무사히 빠져나오지요.

여러분도 차근차근 잘 살피면 복잡한 미로를 빠져나갈 수 있어요.

* **실패**: 실을 감는 바느질 도구.

미로를 따라가서 울고 있는 친구를 구해 주세요. (답은 147쪽에)

비판력 1. '미로'라는 낱말을 넣어 만든 다음 문장들 가운데 어색한 것은 어느 것인가요? (   )

① 고속 도로가 미로처럼 쭉 뻗어 있습니다.

② 골목길이 어찌나 복잡한지 꼭 미로 같았습니다.

③ 수학 문제가 어려워서 미로 속에서 헤매는 기분이었습니다.

이해력 2. 그리스 신화에서 복잡한 미로를 빠져나오기 위해 사용한 것은 무엇인가요? (   )

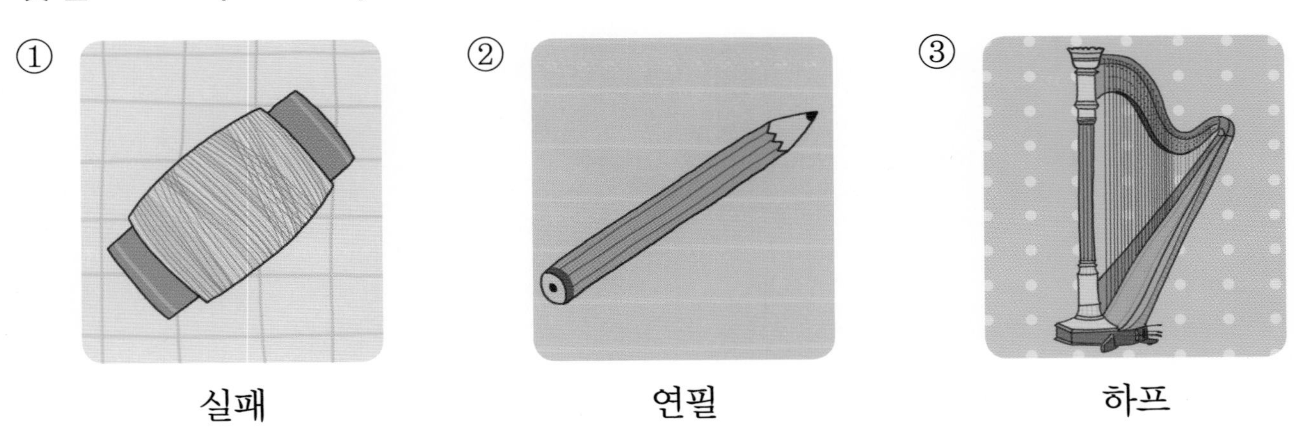

① 실패 ② 연필 ③ 하프

분석력 3. 지훈이가 집에 도착할 수 있도록 여러분이 미로를 잘 빠져나가 보세요.

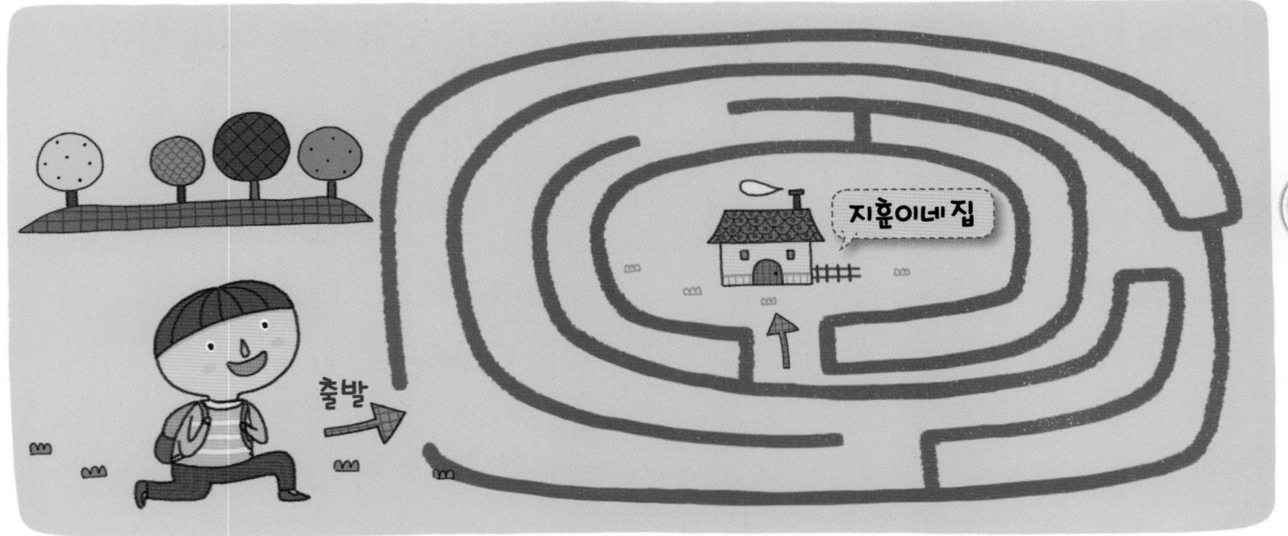

4주 2일 학습 끝!

붙임 딱지 붙여요.

마방진

마방진은 위 그림과 같이 *자연수를 바둑판 모양의 칸에 늘어놓았을 때, 가로와 세로, 대각선으로 늘어선 수의 합이 모두 같도록 만드는 거예요.

완성된 마방진에서 숫자를 몇 개 지운 뒤 숫자를 다시 채워 넣거나, 주어진 숫자를 이용해 마방진을 만들며 놀 수 있어요.

위의 마방진은 가로, 세로, 대각선으로 늘어선 숫자들을 각각 합하면 모두 34가 되어요.

가로의 예	16+2+3+13=34	5+11+10+8=34
세로의 예	16+5+9+4=34	2+11+7+14=34
대각선의 예	16+11+6+1=34	13+10+7+4=34

* **자연수**: 1부터 시작하여 하나씩 더하여 얻는 수를 통틀어 이르는 말.

1. 다음에서 각 방향의 이름을 보기 에서 찾아 쓰세요.

보기

가로
세로
대각선

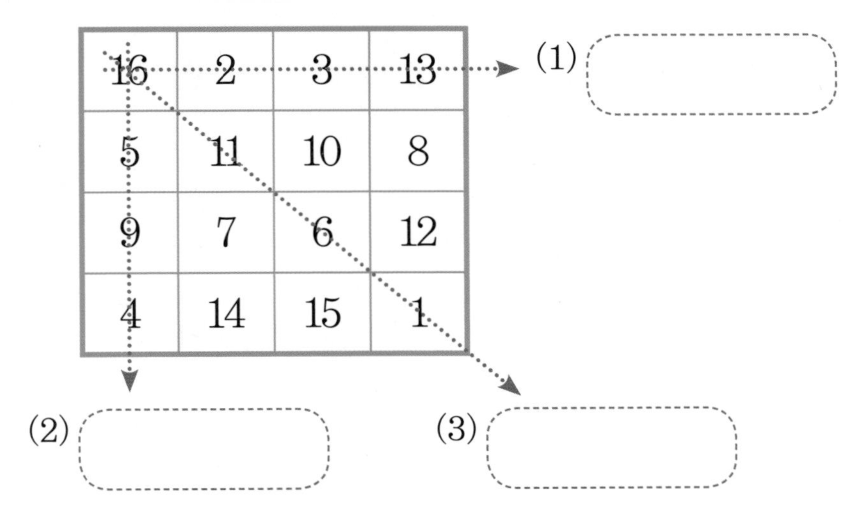

2. 보기 를 참고하여 (   ) 안에 들어갈 숫자를 각각 써넣어 보세요.

보기

16+2+3+13=34

(1) 16+11+(   )+1=34

(2) 5+(   )+10+8=34

(3) 13+8+12+(   )=34

3. 설명을 참고하여, 마방진을 풀어 빈칸에 숫자를 써넣어 보세요.

2	7	
9		1
4		

스도쿠

18세기 스위스의 수학자 '레온하르트 오일러'는 '마법의 사각형'이라는 놀이를 만들었어요. 이것을 일본의 퍼즐 회사 '니코리'가 '스도쿠'라는 이름의 숫자 퍼즐 놀이로 다시 만들었지요.

스도쿠의 놀이 규칙은 간단해요. 숫자가 겹치지 않도록 한 자리 숫자를 늘어놓는 것이에요.

스도쿠를 하기 위해서는 먼저 가로세로 각각 9칸씩 모두 81칸으로 이루어진 정사각형을 만들어요. 이때 가로줄과 세로줄에 각각 1~9 사이의 숫자를 한 번씩만 써넣어요. 큰 사각형은 다시 가로세로 3칸씩 9칸인 작은 정사각형 9개로 나눌 수 있는데, 작은 정사각형 9칸에도 1~9 사이의 숫자가 한 번씩만 들어가야 해요.

스도쿠를 처음 할 때는 가로세로를 3칸에서 6칸 사이로 간단히 하는 것이 좋아요. 다음의 가로세로 4칸짜리 스도쿠를 살펴서 놀이 규칙을 이해해 보아요.

1	3	4	2
2	4	3	1
4	1	2	3
3	2	1	4

이해력 **1. 스도쿠에 대한 설명으로 맞으면 ○표, 틀리면 ×표를 하세요.**

(1) '마법의 사각형'이라는 놀이에서 전해졌습니다. (　　　)

(2) 스도쿠를 처음 생각해 낸 사람은 일본인입니다. (　　　)

(3) 가로줄과 세로줄에 숫자가 겹치지 않게 늘어놓는 놀이입니다. (　　　)

2. 스도쿠의 놀이 규칙을 바르게 이야기한 친구는 누구인가요?

(　　　)

① 가로는 더한 수, 세로는 뺀 수를 계산해.

② 가로, 세로, 대각선의 숫자들을 각각 더해.

③ 정해진 가로세로 칸만큼의 숫자를 겹치지 않게 채워.

3. 설명을 참고하여, 9칸 스도쿠의 빈칸에 알맞은 숫자를 써넣어 보세요.

1	2	
3		
	3	1

종이 오리기

"미운 오리 새끼", "인어 공주", "눈의 여왕" 등의 동화를 쓴 작가 안데르센은 종이 오리기 놀이를 즐겼다고 해요. 종이를 오려서 여러 가지 모양을 만들기도 하고, 그 모양을 보고 이야기를 짓기도 했지요.

종이 오리기 놀이는 종이와 가위만 있으면 재미있게 할 수 있어요. 또 종이를 접는 방법, 종이를 오리는 방법에 따라 여러 가지 모양을 만들 수 있어 창의력을 기르는 데 도움이 돼요.

간단히 반으로 접은 종이 오리기예요. 익숙해지면 여러 번 접어서 더욱 화려한 모양을 만들어 봐요.

놀이 방법

준비물 색종이, 가위, 연필

✦ 개구리 오리기

1 종이를 반으로 접은 다음, 도안을 따라서 개구리 모양을 그립니다.

2 선을 따라 오립니다.

3 그림을 펼치면 개구리 모양이 됩니다.

✦ 잠자리 오리기

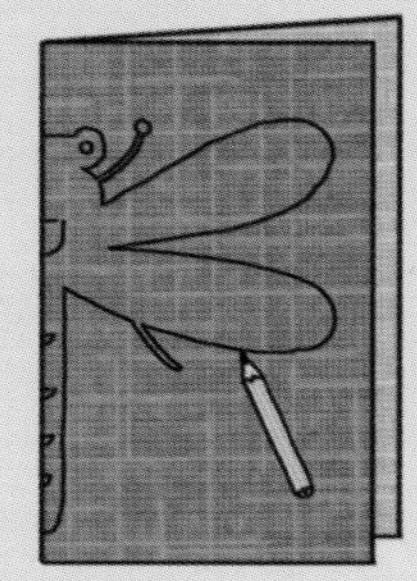

1 종이를 반으로 접은 다음, 도안을 따라서 잠자리 모양을 그립니다.

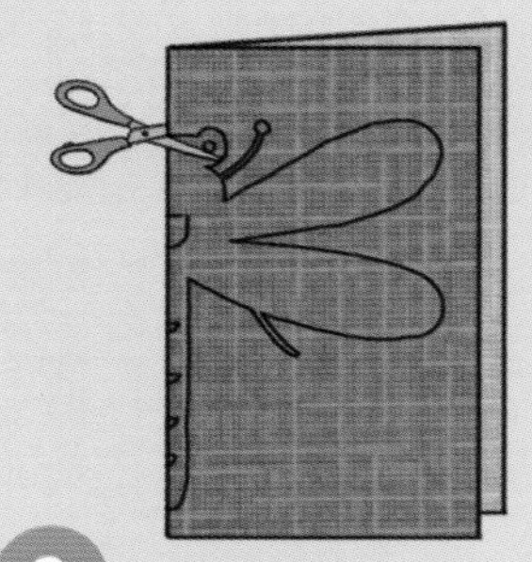

2 선을 따라 오립니다.

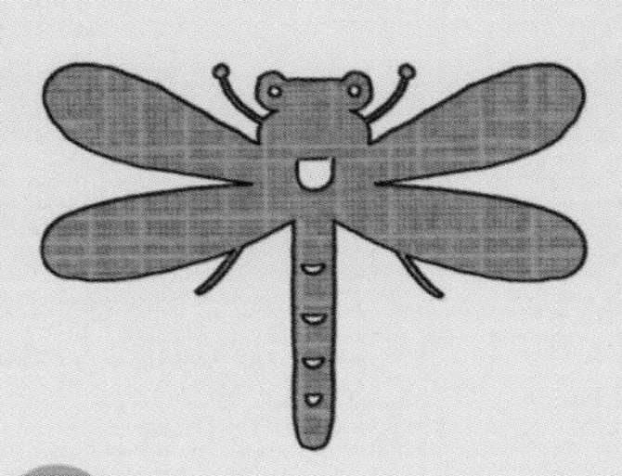

3 그림을 펼치면 잠자리 모양이 됩니다.

이해력 1. 다음은 어떤 작가의 종이 오리기 작품입니다. 많은 동화를 썼으며, 종이 오리기를 좋아했던 이 작가의 이름을 글에서 찾아 쓰세요.

( )

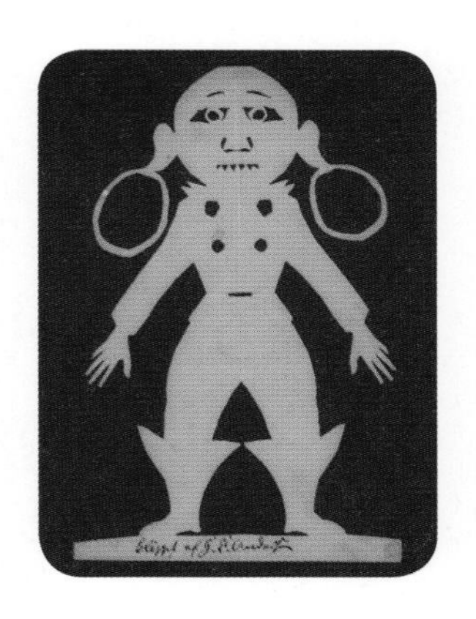

분석력 2. 왼쪽 종이를 선을 따라 오리면 어떤 모양이 나오는지 찾아 알맞게 줄로 이으세요.

(1) 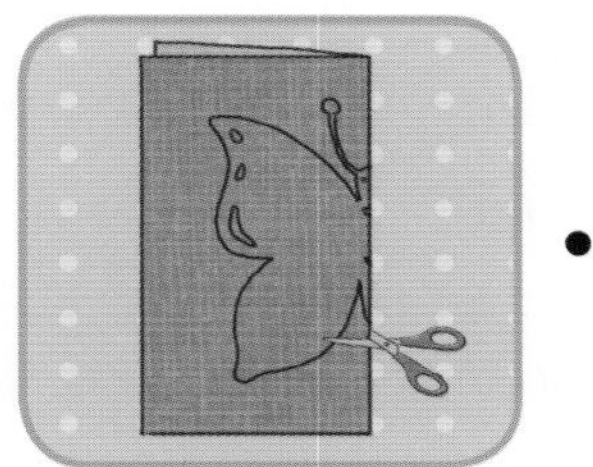 • • ㉠ 

(2) 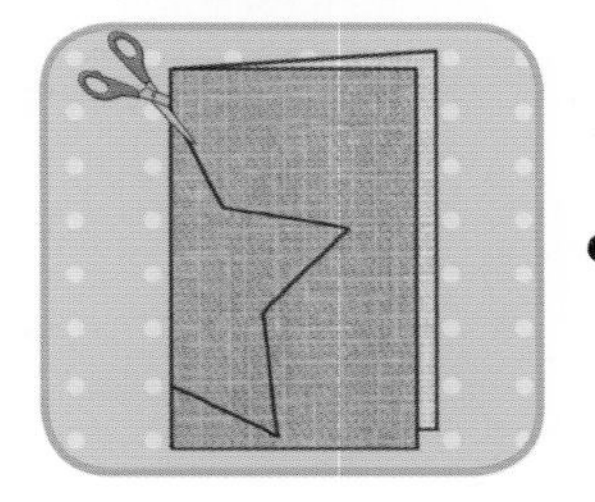 • • ㉡ 

분석력 3. 다음 색종이를 오리면 어떤 모양이 될지 그려 보세요.

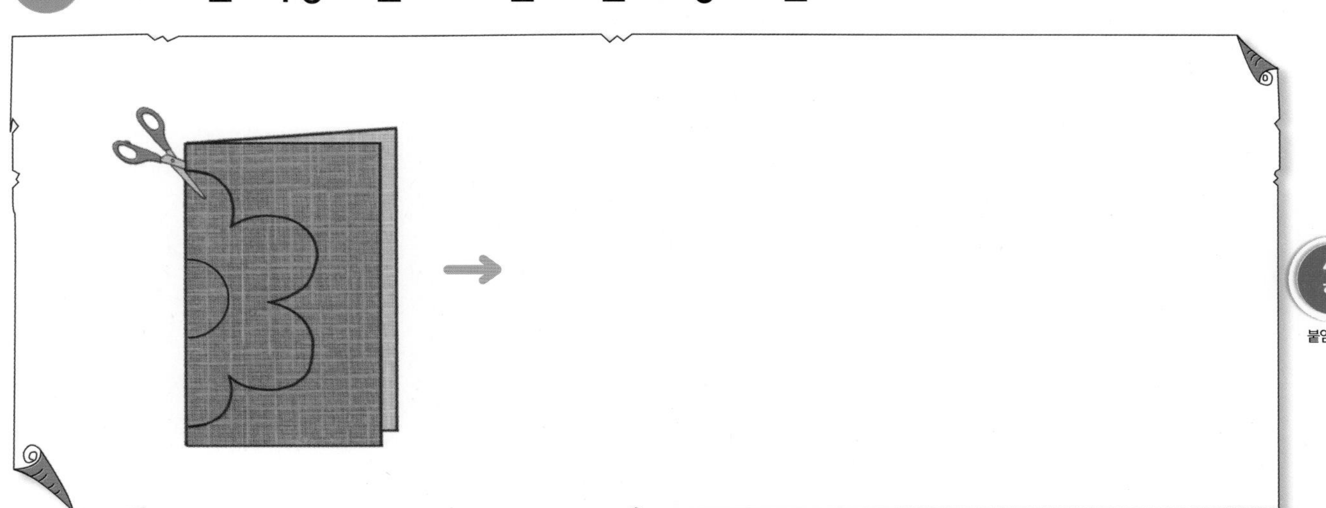

종이접기

종이접기는 종이 오리기와 달리 종이를 자르거나 풀칠을 하지 않고, 한 장의 종이를 접기만 해서 여러 가지 모양을 만드는 놀이예요.

종이 한 장만 있으면 꽃과 동물, 비행기, 배, 바지나 저고리 등 여러 가지 모양을 만들 수 있어요. 또 종이만 있으면 시간과 장소에 관계없이 누구나 쉽고 재미있게 즐길 수 있지요. 종이접기는 어린이들의 두뇌를 계발하고 어르신들의 치매를 예방하는 데도 효과가 있다고 해요.

여러분도 다음 방법을 따라 물고기 모양을 접어 보세요.

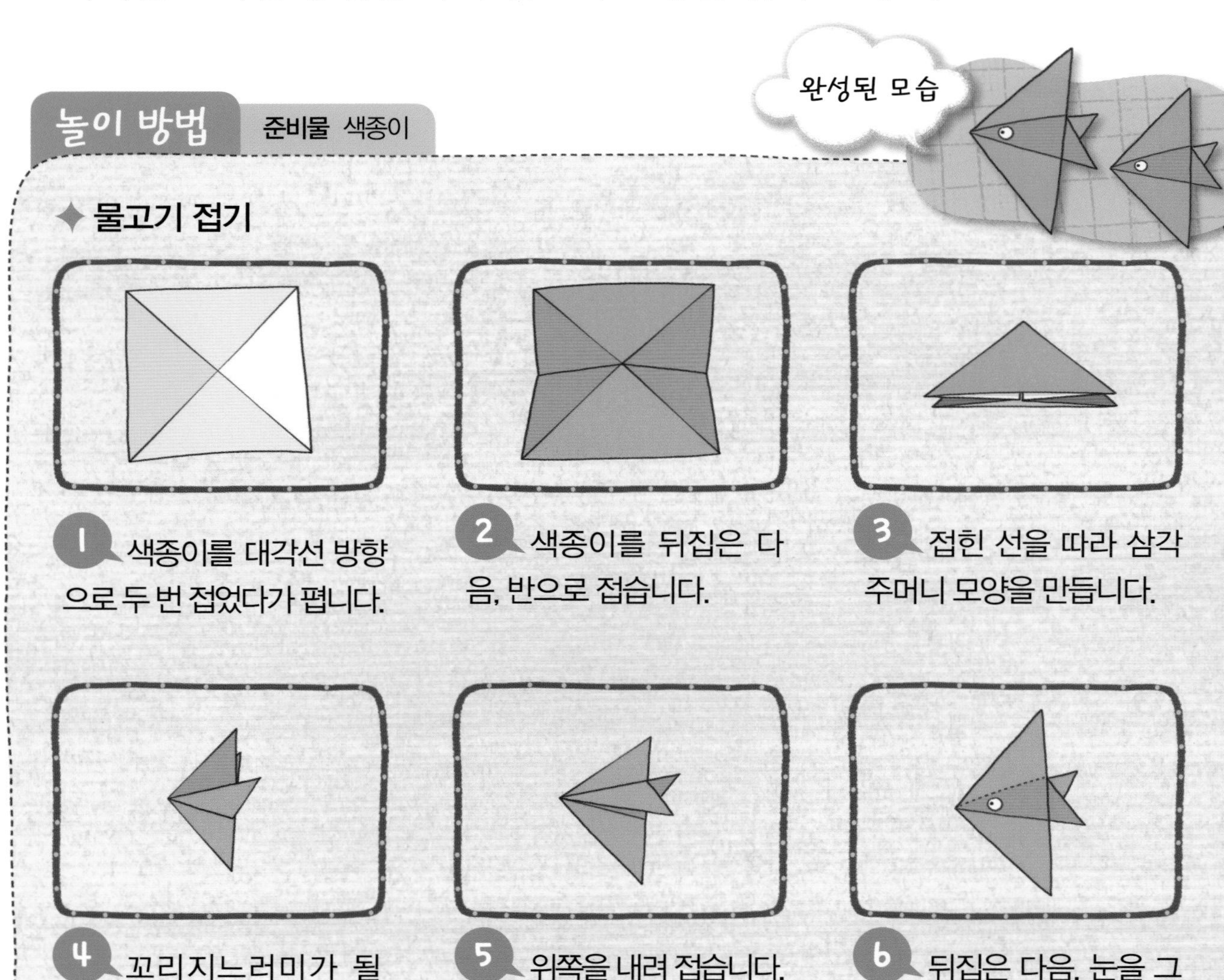

1. 다음 중 종이접기에 꼭 필요한 준비물은 무엇인가요? (　　　)

① ② 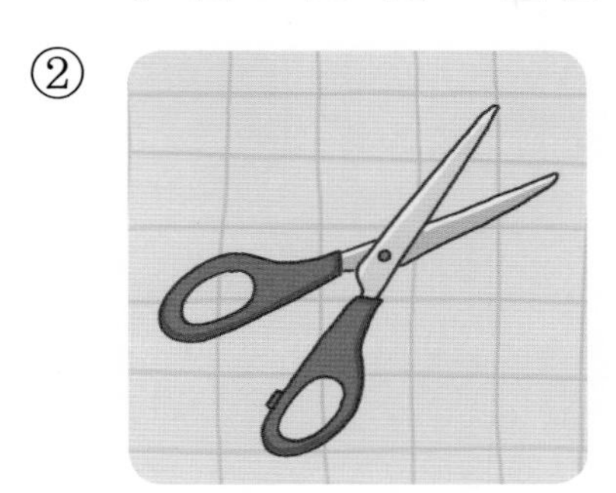 ③ 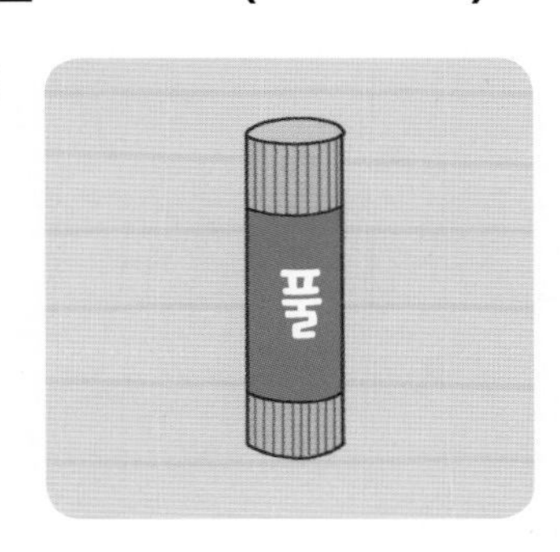

2. 다음 중 종이접기의 좋은 점이 <u>아닌</u> 것은 무엇인가요? (　　　)

① 어린이들의 두뇌가 계발됩니다.

② 어르신들의 치매를 예방합니다.

③ 비만한 어린이들의 몸무게가 줄어듭니다.

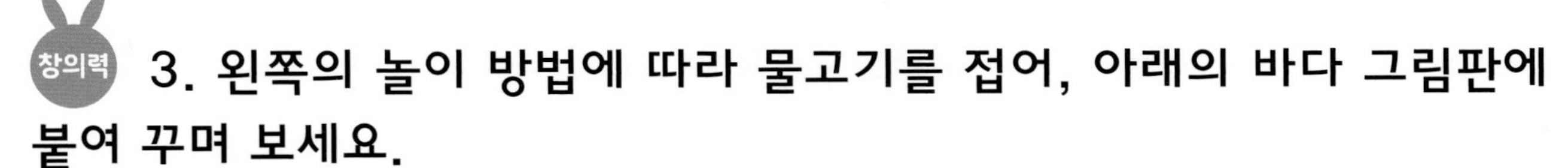

3. 왼쪽의 놀이 방법에 따라 물고기를 접어, 아래의 바다 그림판에 붙여 꾸며 보세요.

준비물 손, 손전등, 벽

손그림자 놀이는 해가 진 어두운 밤에 즐겁게 즐길 수 있는 놀이예요. 깜깜하게 불을 끄고 손전등을 준비하면 손그림자 놀이 준비 끝!

자, 두 손을 마음대로 겹치고 접고 펴세요.

까만 벽에 컹컹 짖는 강아지가 쓰윽 모습을 드러내기도 하고, 두 귀를 쫑긋 세운 토끼가 깡충깡충 뛰어들기도 해요. 뒤뚱뒤뚱 걸어가는 오리도 보이네요.

배경 음악을 준비하고 손그림자에 어울리는 재미있는 이야기도 만들어 보세요. 그러면 우리 집이 멋진 그림자극 극장이 된답니다.

분석력 1. 다음의 그림자들을 살펴보고 무엇을 나타낸 것인지 써 보세요.

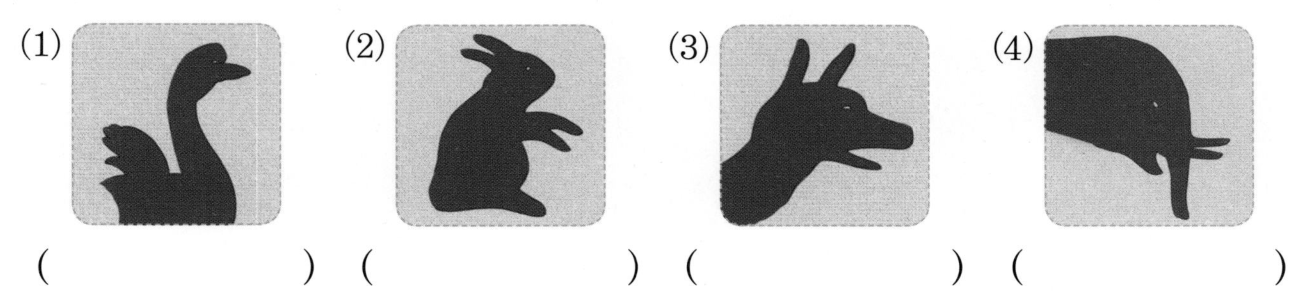

(1) (　　　　　) (2) (　　　　　) (3) (　　　　　) (4) (　　　　　)

이해력 2. 다음 중 손그림자 놀이를 할 때 손전등 대신 쓸 수 있는 것은 어느 것인가요? (　　　)

① ② ③

분석력 3. 손 모양을 다음과 같이 하고 빛을 비추면 어떤 모양이 나오는지 그려 보세요.

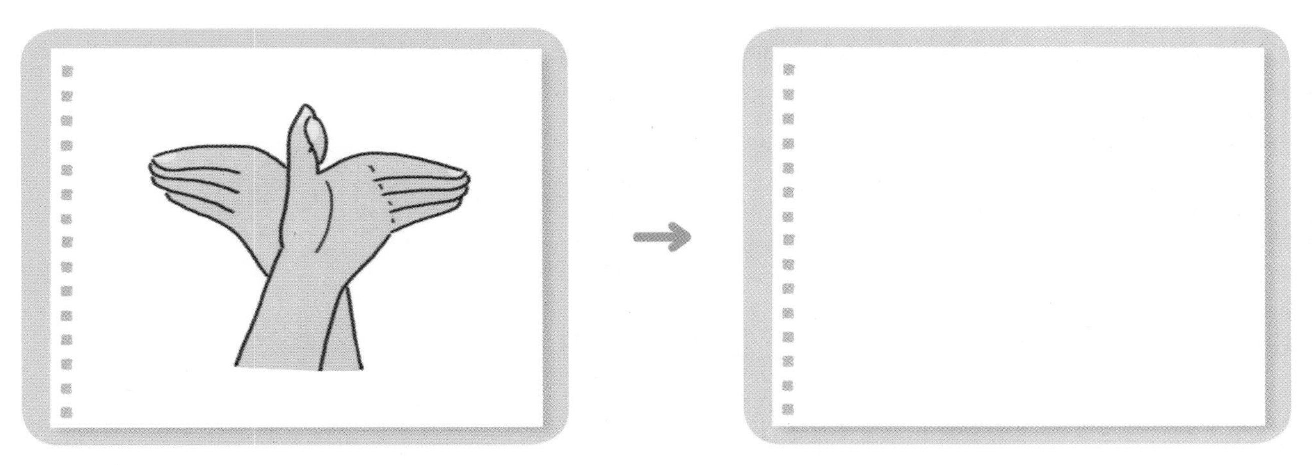

도장 찍기 놀이

도장 찍기 놀이를 해 보세요.

도장에 글자나 무늬를 새길 때에는 왼쪽과 오른쪽이 반대가 되도록 해요. 그래야 종이에 찍었을 때 바른 모양이 찍히기 때문이지요.

도장을 새기지 않고도 간단히 도장 찍기 놀이를 해 볼 수 있어요. 예쁜 두 손과 물감, 도장을 찍을 종이만 있으면 충분해요. 손가락을 이용하여 손 도장을 자유롭게 찍을 거니까요.

손가락을 이용해 재미있는 그림을 그려 보고, 여러 가지 색을 나누어 칠해서 예쁜 모양을 만들어 보세요. 또 손바닥 전체에 물감을 묻혀 도장처럼 찍고, 그 모양을 이용한 그림을 그려 보세요.

발가락과 발바닥을 이용해 그림을 그려도 좋아요.

1. 도장에 글자나 무늬를 새길 때 주의할 점은 무엇인가요? (　　　)

① 찍히는 면의 모양과 똑같이 새깁니다.

② 찍히는 면의 위와 아래를 반대로 새깁니다.

③ 찍히는 면의 왼쪽과 오른쪽을 반대로 새깁니다.

2. 보기 와 같은 모양을 찍으려면 도장에 어떻게 새겨야 하나요? (　　　)

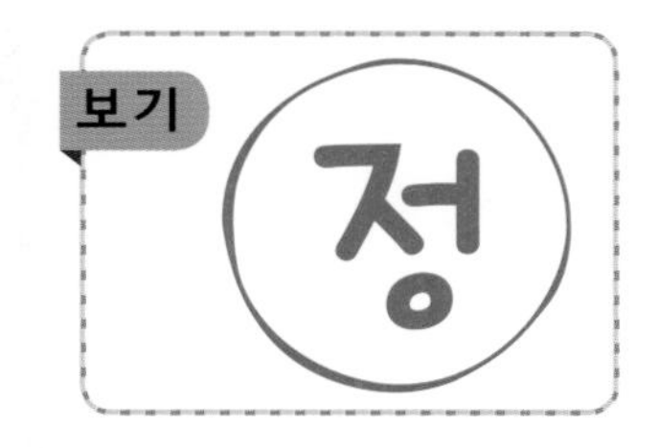

① 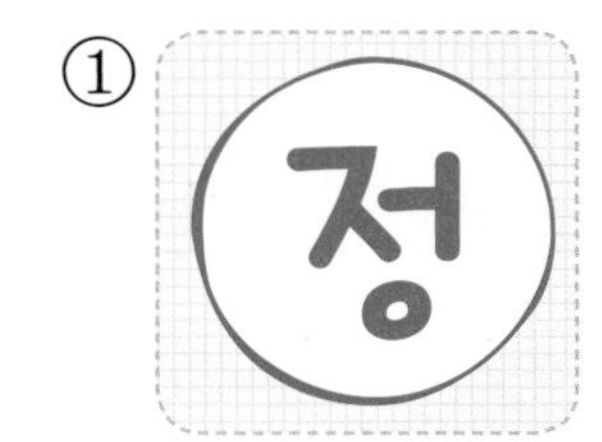

② 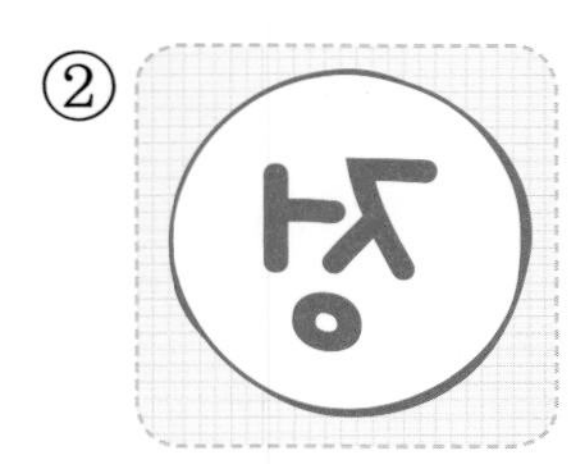

③ 

창의력 3. 손과 손가락을 이용하여 다음과 같은 방법으로 발자국을 찍어 보세요.

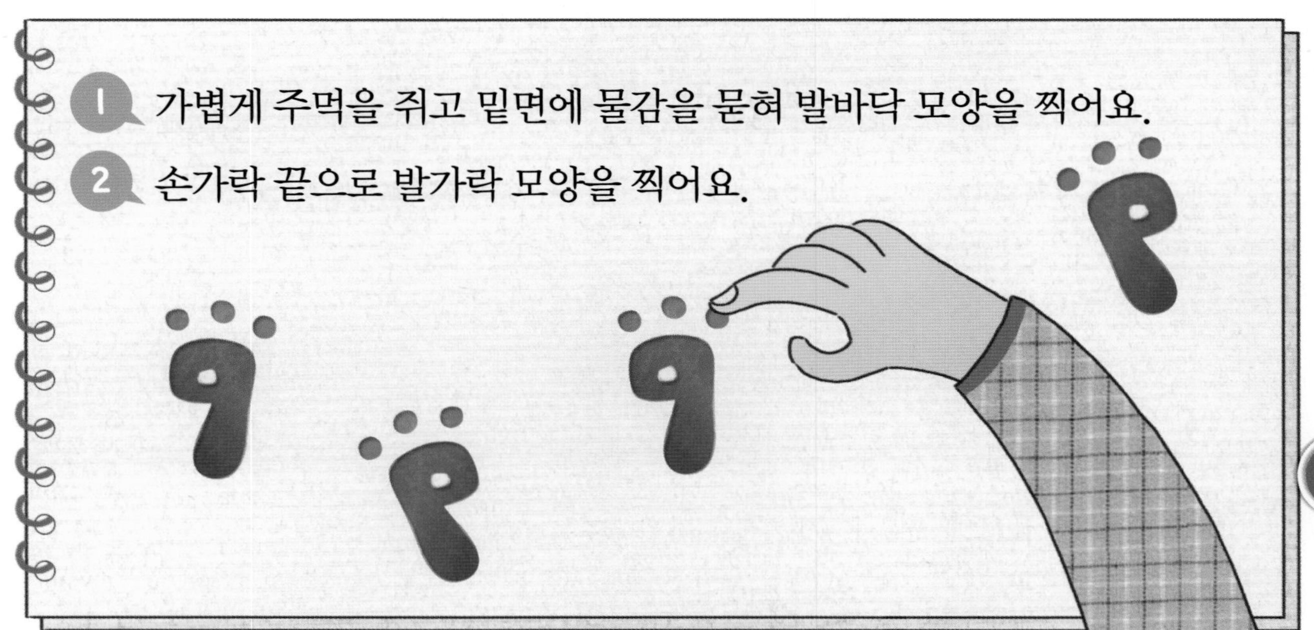

붙임 딱지 붙여요.

되돌아봐요

'머리가 좋아지는 똑똑한 놀이'를 잘 살펴보았나요? 보기 의 놀이를 하면 어떤 공부에 도움이 될지 생각하여 기호를 찾아 써 보세요.

보기

㉠ 실뜨기	㉡ 칠교놀이	㉢ 성냥개비 놀이
㉣ 십자말풀이	㉤ 숨은그림찾기	㉥ 미로 찾기
㉦ 마방진	㉧ 스도쿠	㉨ 종이 오리기
㉩ 종이접기	㉪ 손그림자 놀이	㉫ 도장 찍기 놀이

(1) 수학 공부에 도움이 될 것 같은 놀이

(2) 과학 공부에 도움이 될 것 같은 놀이

(3) 국어 공부에 도움이 될 것 같은 놀이

(4) 미술 공부에 도움이 될 것 같은 놀이

2 앞에서 소개한 놀이 중에서 가장 마음에 드는 놀이를 하나 골라, 그 까닭과 함께 써 보세요.

3 아영이는 스스로 표현력이 부족하다고 생각하는 친구입니다. 아영이에게 앞에서 배운 놀이 중 하나를 추천한다면 무엇이 좋을까요? 여러분이 추천하는 놀이와 그 까닭을 담아 아영이에게 편지를 써 보세요.

아영이에게

씀

놀이를 하면 무엇이 좋을까요?

놀이하는 인간

사람들은 아주 오래전부터 놀이를 즐겼어요. 인류가 두 발로 서고, 언어를 사용하기 전부터 놀이를 즐겼다는 증거를 여러 곳에서 찾을 수 있지요.

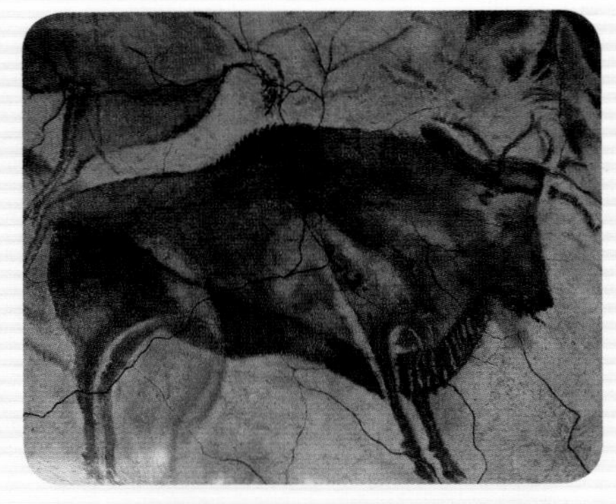

▲ 인류의 가장 오래된 동굴 벽화

최초의 놀이는 노래, 춤, 그림 그리기, 사냥과 같은 것들이었어요. 그 당시 사람들은 일과 놀이를 뚜렷이 구별하지 않았어요. 놀이가 일이고 일이 놀이였던 셈이지요.

오늘날 사람들은 하기 싫은 일을 해야 하거나, 놀이가 아닌 일을 해야만 하는 경우가 많아요. 행복하게 살기 위해서는 일도 놀이처럼 즐기면서 할 수 있어야 해요. 그러기 위해 여러분이 좋아하는 일, 놀이처럼 즐겁게 할 수 있는 일, 누가 시키지 않아도 자꾸 하고 싶은 일을 찾아보세요.

놀이를 하면 무엇이 좋을까요?

놀이를 하면 건강에 좋아요

놀이 중에는 몸을 움직여야 하는 것이 많아요. 요즘 어린이들은 책상에 앉아 공부를 많이 하는 대신, 움직이는 시간은 적기 때문에 살이 찌기 쉬워요. 하루 중 일정한 시간을 정해서 땀을 뺄 수 있는 놀이를 하면 소화도 잘되고 건강해진답니다.

이제부터 친구들과 몸을 움직이는 놀이를 많이 해 보세요.

놀이를 하면 똑똑해져요

여러 사람이 하는 놀이는 승부를 내는 경우가 많아요. 그런데 승부에서 이기려면 머리를 써야 해요. 놀이에서 이길 수 있는 방법을 연구하다 보면 두뇌가 자연스럽게 발달하게 되지요.

우리가 즐기는 놀이 중에는 여러 가지 규칙을 가진 놀이가 많아요. 규칙을 알고 지키면 놀이를 더 재미있게 즐길 수 있고, 규칙을 기억하고 응용하다 보면 뇌를 발달시킬 수 있답니다.

몸을 쓰는 놀이도 근육이 움직이는 동안 뇌가 활성화되어 공부하는 데 도움이 돼요. 공부를 잘하고 싶다면 적당히 몸을 움직이며 노는 것이 좋아요. 놀이를 하면 건강도 지키고, 온몸을 고르게 성장시킬 수 있지요.

친구들과 친해지고 사회를 배워요

친구들과 즐겁게 어울려 놀다 보면 협동심을 배우고 가까워질 수 있어요.

또한 자신도 모르는 사이에 공부가 되기도 해요. 예를 들어, 마을 곳곳을 돌아다니며 놀다 보면 마을의 모습, 마을 사람들이 하는 일, 시장의 모습 등을 자연스럽게 알게 되지요.

놀이는 신나고 재미있는, 살아 있는 공부예요.

✎ 여러분이 최근에 알게 된 놀이 중에서 재미있는 놀이와 그 까닭을 써 보세요.

내가 할래요

놀이 광고를 만들어 보아요!

요즘 텔레비전이나 게임에 빠져 있는 친구들이 많아요. 이런 친구들에게 앞에서 배운 놀이 중에서 하나를 골라, 그 놀이를 많이 하자고 설득하는 광고를 보여 주면 어떨까요? 보기 는 손그림자 놀이를 알리는 광고예요.

보기

확인할 내용	잘함	보통임	부족함
1. 이번 주 학습을 5일(월요일~금요일) 안에 끝마쳤나요?			
2. 여러 가지 놀이에 대해 살펴보고 이해하였나요?			
3. 소개된 놀이 방법에 따라 놀이를 할 수 있나요?			
4. 내가 좋아하는 놀이를 소개하고 알릴 수 있나요?			

제목을 쓰고 그림을 그려, 좋아하는 놀이의 광고를 만들어 보세요.

붙임 딱지 붙여요.

A단계 3권 정답 및 해설

1주 꼬부랑 할머니와 흰 눈썹 호랑이

1주 10쪽 생각 톡톡

예 해와 달이 된 오누이 / 은혜 갚은 호랑이

1주 13쪽

1 호랑이 2 ③ 3 예 나는 심심할 때 재미있는 책을 읽습니다.

1 호랑이는 고양잇과의 포유류에 속하며, 우리나라의 옛이야기나 그림에도 자주 나와 친숙한 동물입니다.

2 '재잘재잘'은 낮고 빠른 목소리로 자꾸 재깔이는 소리를 흉내 낸 말입니다.

1주 15쪽

1 ② 2 해설 참조 3 예 나는 말랑말랑한 떡을 좋아해요!

1 빛은 곧게 직진하는 성질이 있고, 햇빛도 마찬가지입니다. 이때 사물이 직진하는 빛을 막으면 그 반대편에 그림자가 생깁니다.

2 아기 때는 네 발로 기다가, 커서 두 발로 걷다가, 노인이 되어 지팡이를 짚는 사람의 일생에 대한 문제입니다.

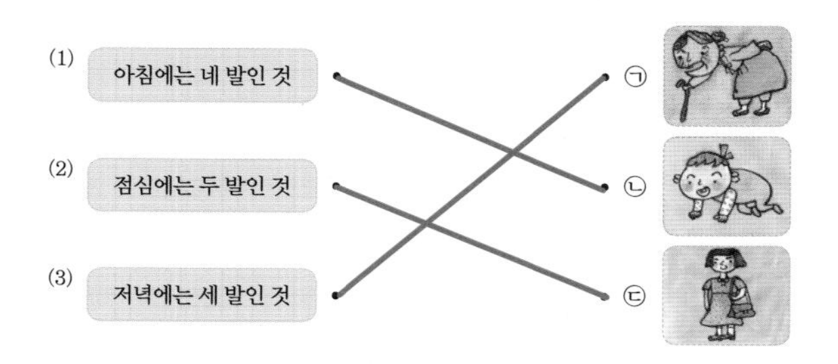

1주 17쪽

1 예 과학자 / 국자 / 의자 2 ③ 3 예 분하다, 또 맞혔잖아! 또 무슨 문제를 내지?

2 '수수께끼'는 어떤 사물에 대하여 바로 말하지 아니하고 빗대어 말하여 알아맞히는 놀이를 말합니다.

3 내가 호랑이의 입장이라면 어떤 생각을 했을지 상상하여 써 봅니다.

1주 19쪽

1 ② 2 예 등은 누런 갈색이고 배는 흰색입니다. 몸에 검은 줄무늬가 있습니다. 꼬리는 길고 다리는 4개입니다. 3 예 쉽게 포기하지 않습니다.

2 동물의 사진을 보고 동물의 생김새와 특징에 대해 써 봅니다.

3 이야기에 등장하는 인물의 말과 행동을 살펴보고 성격을 생각해 봅니다. 호랑이의 말 속에서, 쉽게 좌절하거나 포기하지 않고 이기려고 하는 성격을 짐작할 수 있습니다.

1주 21쪽

1 (1) 팽이 (2) 고추 (3) 연기 2 ① 3 예 말은 말인데 타지 못하는 말은? 양말

2 중심축을 가지고 회전 운동을 하는 것은 요요입니다.

1주 23쪽

1 예 사진 → 진주 → 주소 → 소방차 2 (1) ○ (2) ○ (3) X 3 예 (1) 계속해야 (2) 운동 경기를 보면 계속 지다가도 이기는 경우가 있기 때문입니다.

1 끝말잇기는 앞 낱말의 끝 글자로 시작하는 낱말을 찾아 말을 이어 가는 놀이입니다.

2 눈물은 눈물샘에서 나와서 눈을 축이거나 이물질을 씻어 냅니다. 아프거나 슬플 때, 자극이나 감동을 받을 때 나옵니다.

3 내기를 '계속해야 한다'와 '그만해야 한다' 중 하나를 고르고, 그렇게 생각한 까닭을 밝혀 써 봅니다.

1주 25쪽

1 (1) X (2) ○ (3) ○ 2 해설 참조 3 예 호랑이가 할머니를 손자에게 태워다 줍니다.

1 등장인물의 말과 행동에서 등장인물의 마음을 엿볼 수 있습니다. 흰 눈썹 호랑이는 할머니에게 계속 지자, 이기지 못할까 봐 불안해하고 있습니다.

2

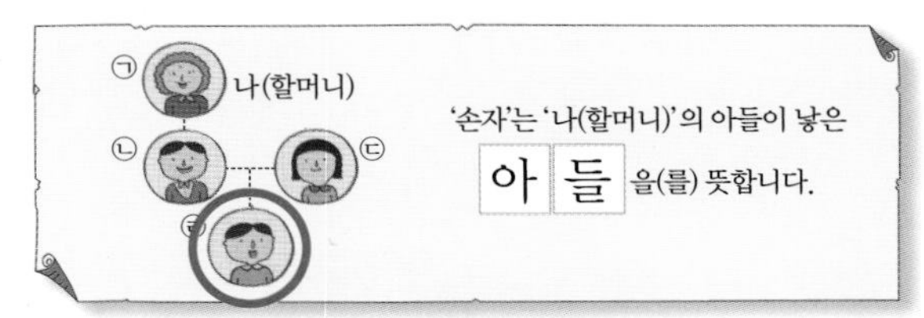

1주 27쪽

1 해설 참조 2 ② 3 예 (1) 밤하늘 (2) 불꽃 (3) 산

1

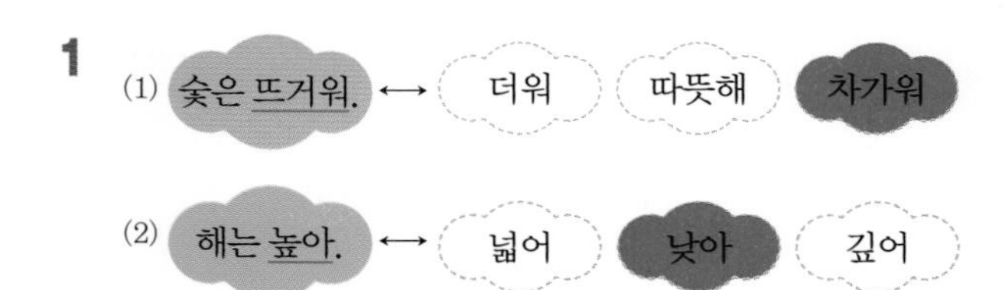

2 숯은 방바닥에 깔거나 베갯속으로 사용하면 몸이 상쾌해지는 효과가 있습니다. 전자 제품의 전자파를 막아 주고, 좋지 않은 냄새나 습기를 빨아들이기도 합니다.

1주 29쪽

1 ③ 2 ③ 3 예 엄마가 동생을 낳으러 병원에 가셨을 때, 아기를 낳는 것이 많이 힘들다는 이야기를 듣고 엄마가 걱정되고 생각났습니다.

3 부모님의 소중함을 깨닫게 된 일을 떠올리며 써 봅니다.

1주 31쪽

1 ③ 2 ③ 3 예 사냥꾼에게 잡혀간 부모님을 생각하다가, 꼬부랑 할머니의 자식들도 할머니를 기다리고 있을 거라는 생각이 들었기 때문입니다.

2 서쪽 산 너머로 해가 뉘엿뉘엿 지는 때는 저녁 무렵입니다.

3 앞 장면에 있었던 일을 떠올려 이야기의 흐름을 생각해 봅니다.

1주 33쪽

1 (1) 이제 (2) 아직 (3) 얼른 2 (3) ○ 3 예 친구가 되자는 뜻으로 주었을 것입니다. / 돌아가는 길이 멀고 심심할 테니, 사탕을 먹으며 심심하지 않게 가라고 준 것입니다.

1 '이제', '아직', '얼른'은 모두 시간의 흐름과 관계되는 낱말입니다. 각 낱말을 문장 안에 넣어 뜻이 잘 통하는지 살펴봅니다.

2 (1) 기와집, (2) 아파트 사진입니다.

1주 35쪽

1 ② 2 ③ 3 예 수수께끼 놀이를 하고 싶습니다. / 끝말잇기를 하고 싶습니다.

1 '원수'는 원한이 있는 사이를, '친구'는 또래끼리 친하게 지내는 사이를 말합니다.

2 나의 아버지의 아버지는 할아버지, 할아버지의 아버지는 증조할아버지, 증조할아버지의 아버지는 고조할아버지입니다.

1주 36~37쪽 되돌아봐요

1 (1) 끈기가 있다. 내기를 좋아한다. 체면을 생각한다. (2) 지혜롭다. 겁이 없다. 자신감이 넘친다. 2 해설 참조 3 해설 참조

2

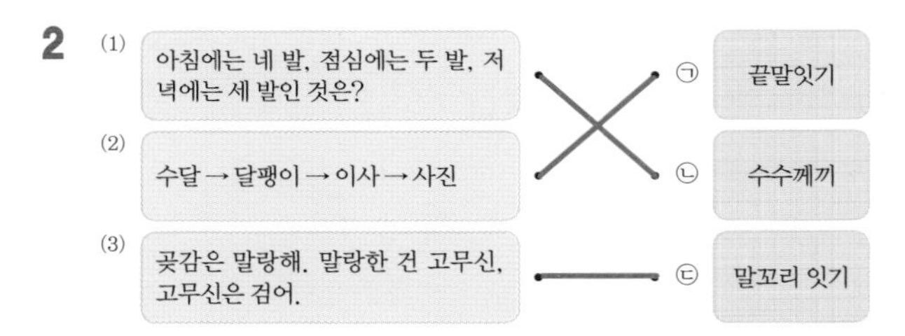

3

1주 39쪽 궁금해요

예 무섭지 않고 친구처럼 느껴졌습니다.

- 호랑이가 등장하는 옛이야기를 읽거나 들은 경험을 떠올려 보고, 그때 이야기 속 호랑이에 대해 느꼈던 감정을 써 봅니다.

1주 40~41쪽 내가 할래요

1 예 친구. 2 예시 답안 생략(40쪽 참조)

2주 한 번도 못 해 본 놀이

2주 43쪽 생각 톡톡

예 윷놀이, 연날리기, 씨름, 그네뛰기

2주 45쪽

1 해설 참조 2 (1) ○ (2) ○ (3) × 3 예 거리를 잘 헤아려 보아야 합니다.

1 그림에 표시된 한옥의 담 부분에 ○표를 하면 됩니다.

2 막내 공주님은 왕자들과 어울려 다니며 활을 쏘거나 말을 타는 것을 좋아했습니다.

3 투호는 작은 통에 화살을 넣어야 하는 놀이이므로 정신을 집중해야 하며, 방향과 거리를 잘 맞추어 침착하게 해야 합니다.

2주 47쪽

1 궁녀 2 해설 참조 3 예 인터넷을 검색해 봅니다. / 친구들에게 물어봅니다.

2

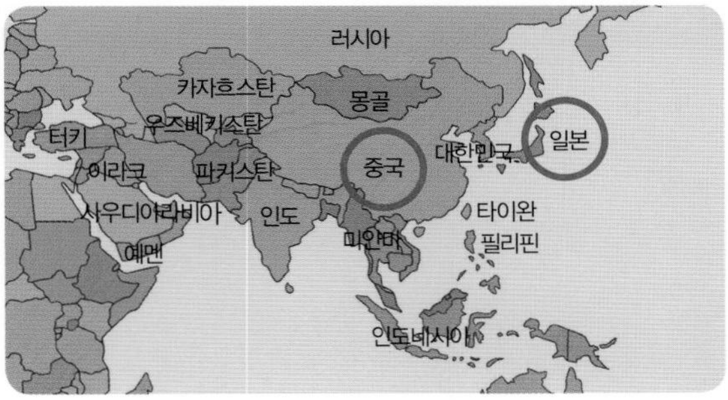

러시아
카자흐스탄
몽골
우즈베키스탄
터키
일본
이라크
파키스탄
중국
대한민국
사우디아라비아
인도
타이완
미얀마
필리핀
예멘
인도네시아

3 책이나 인터넷을 이용하여 찾아보거나 전문가나 주변 사람들에게 물어보는 등 원하는 정보를 얻기 위한 여러 가지 조사 방법을 생각해 봅니다.

2주 49쪽

1 프랑스 2 (1) ○ 3 예 페탕크라는 놀이가 기대한 것보다 새로운 놀이가 아니었기 때문입니다.

2 물건이 위에서 아래로 떨어지는 원리를 보여 주는 그림을 찾아봅니다.

2주 51쪽

1 ③ 2 ③ 3 예 제기차기는 쇠붙이에 얇은 종이나 천을 싼 다음, 나머지 부분을 여러 갈래로 길게 찢은 제기를 발로 차는 놀이입니다.

2 비사치기는 손바닥만 한 납작한 돌을 세워 놓고 얼마쯤 떨어진 곳에서 돌을 던져 맞히거나 발로 돌을 차서 맞혀 넘어뜨리는 놀이입니다.

3 옛날 우리 조상이 즐기던 운동이나 놀이에 대해 알아보고, 간단하게 설명해 봅니다.

2주 53쪽

1 ② 2 ② 3 예 눈이 초롱초롱한

1 '탄생'은 '사람이 태어남.' '공생'은 '서로 도우며 함께 삶.'을 뜻합니다.

2 주사위는 정사각형 면이 6개 모여 이루어진 입체물로, 각 면에는 점이 1개부터 6개까지 찍혀 있습니다.

3 얼굴 형태나 눈, 코, 입의 생김새 등에서 뚜렷하게 나타나는 특징을 골라, 꾸며 주는 말을 써 봅니다.

2주 55쪽

1 (1) ○ 2 풍년 3 예 화를 내거나 우기지 않습니다.

1 윷놀이는 윷을 던져 나오는 수에 따라 말을 움직여, 말이 목적지에 먼저 도착하는 편이 이기는 놀이입니다.

3 놀이를 할 때 규칙을 지키고 친구와의 우정을 돈독하게 하며 재미있게 즐길 수 있는 방법을 생각해 봅니다.

2주 57쪽

1 (1) 짧은 (2) 넓은 2 ② 3 예 여행을 많이 합니다. / 다양한 사람들을 만납니다.

1 '크다, 작다', '길다, 짧다', '넓다, 좁다'는 서로 뜻이 반대인 낱말들입니다.

3 '우물 안 개구리'가 되지 않으려면 책을 많이 읽고, 다양한 경험을 하면서 견문을 넓혀야 합니다.

2주 59쪽

1 가면 2 ③ 3 예시 그림 생략

1 이야기 속에서 탈과 같이 얼굴을 가리는 물건을 말할 때 이 낱말을 사용하였습니다.

3 재미있고 익살스러운 표정의 탈과 가면으로 나타내 봅니다.

2주 61쪽

1 ② 2 해설 참조 3 예 바다에서 수영을 하고, 바닷가에서 모래성을 쌓고 싶습니다.

2 자전거는 물이나 모래사장에서 타기 어려운 탈것입니다.

2주 63쪽

1 ② 2 (1) ○ 3 해설 참조

2 인력거는 사람이 끄는 수레로, 주로 한 사람이나 두 사람을 태웁니다.

3

2주 65쪽

1 ③ 2 해설 참조 3 예 반듯하게 차려입고 점잖게 행동해야 한다고

2

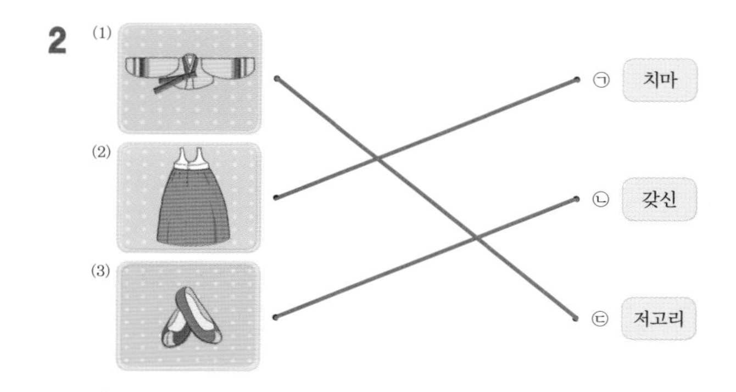

2주 67쪽

1 ② 2 (1) ○ (2) ○ (3) X 3 예 한 번도 못 해 본 놀이를 하게 해 주어 정말 고마워. 나는 비록 공주의 몸이지만 놀고 싶은 것은 너와 같아. 우리 이제 친구하면서 사이좋게 지내자. 다음에는 네가 한 번도 해 보지 못한 놀이를 내가 가르쳐 줄게. 20○○년 ○○월 ○○일

1 '사관'은 역사를 기록하는 책임을 맡은 사람입니다. 공주님이 "오늘 일은 기록하지 말아라." 하고 말한 것을 보아 알 수 있습니다.

3 공주는 한 번도 해 보지 못한 놀이를 알려 준 궁녀가 고마울 것입니다. 공주님의 입장이 되어 고마운 마음을 담은 글을 써 봅니다.

2주 68~69쪽 되돌아봐요

1 (1) 투호 (2) 페탕크 (3) 뱀 사다리 놀이 (4) 윷놀이 (5) 연날리기 (6) 탈놀이 2 (1) ○ (2) X (3) X (4) ○ (5) ○ 3 해설 참조 4 예 (1) 갯벌에서 개흙 놀이 (2) 공주님의 신분 때문에 옷을 벗고 갯벌에서 뒹굴기 어렵습니다.

3 하나를 다른 하나에 맞히거나 가져다 대는 놀이 방법에서는 비사치기와 페탕크가 비슷하고, 도구와 말판을 사용하여 목적지에 이르는 점에서는 윷놀이와 뱀 사다리 놀이가 비슷하고, 얼굴을 가린다는 점에서는 탈놀이와 가면 놀이가 비슷합니다.

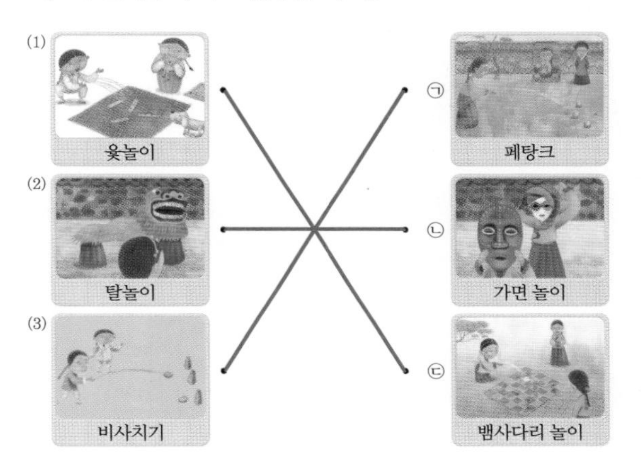

2주 71쪽 궁금해요

예 윷놀이, 온 가족들이 한자리에 모여 다함께 즐길 수 있는 놀이이기 때문입니다.

2주 72~73쪽 내가 할래요

● 보기 참조

● 막내 공주님은 지금까지 해 본 적이 없는 새로운 놀이를 원했습니다. 내가 즐겨 하는 재미있는 놀이를 소개해 봅니다.

3주 동물 친구들도 노는 게 좋대요

3주 75쪽 생각 톡톡

예 고양이가 털실을 가지고 장난치며 노는 것을 알고 있어요.

3주 77쪽

1 ① 2 해설 참조 3 예 나는 정글짐에서 노는 것을 좋아합니다. 친구들과 함께 정글짐을 오르고 내리면 재미있습니다.

2

3 좋아하는 놀이를 하나 떠올리고, 왜 좋아하는지 그 놀이의 장점을 생각해서 써 봅니다.

3주 79쪽

1 예 주로 여럿이 무리를 지어 생활합니다. 2 ③ 3 예 엄마보다 날쌘 사냥꾼이 될 테야!

3 내가 새끼 사자라고 상상하며 써 봅니다.

3주 81쪽

1 (1) X (2) ○ (3) ○ (4) ○ 2 ② 3 예 (1) 누가 더 힘이 센지 겨루거나 좋아하는 기린을 두고 경쟁할 때 (2) 목을 (3) 서로 부딪치거나 비빕니다.

2 문어는 뼈가 없는 연체동물입니다. 하마와 코끼리는 등뼈를 가진 척추동물입니다.

3 글을 명확히 쓰려면 육하원칙에 맞게 써야 합니다. 육하원칙은 '누가, 언제, 어디서, 무엇을, 어떻게, 왜'의 여섯 가지입니다. 그중 '언제, 무엇을, 어떻게'에 맞게 써 봅니다.

3주 83쪽

1 ② 2 ② 3 예 안녕, 나는 코끼리야. 나는 엄마, 아빠와 다른 가족들이랑 모여 살아. 내가 가장 좋아하는 일은 친구들이랑 진흙탕에서 신나게 노는 거야. 정말 재미있어.

3 코끼리가 되었다고 상상하며 자유롭게 자신을 소개해 봅니다.

3주 85쪽

1 ① 2 ③ 3 예 돌고래야, 미안해! 환경을 보호하기 위해 앞으로는 일회용 컵으로 먹지 않을 것을 약속할게. 너도 힘내!

1 돌고래는 사람처럼 코를 이용하여 산소를 마시는 허파 호흡을 합니다.

3 환경을 보호하기 위해 우리가 할 수 있는 일을 생각해 봅니다.

3주 87쪽

1 (2) ○ 2 ③ 3 예 나는 뒷발이 발달해서 아주 멀리까지 단번에 뛸 수 있단다. 그리고 뒷발과 꼬리로 균형을 잡고 서서 앞발을 휙휙 날리며 권투를 할 수 있지.

1 캥거루는 뒷발이 발달해서 네 발로 달리는 대신 뒷발을 이용해 폴짝폴짝 뜁니다.

3 글에서 읽은 캥거루의 특징이 잘 드러나도록 캥거루가 말하듯이 써 봅니다.

3주 89쪽

1 ① 2 해설 참조 3 예 나를 게으르다고 생각하는 것은 오해예요. 하루에 10킬로그램이 넘는 대나무를 먹으려면 얼마나 바쁘다고요. 그럼 바빠서 이만!

1 '굼뜨다'는 동작이나 진행 과정 따위가 답답할 만큼 매우 느리다는 뜻입니다.

2

3주 91쪽

1 ③ 2 ③ 3 예 (1) 모두 차렷! (2) 망을 볼 때의 자세가 차렷 자세이기 때문입니다.

1 '샅샅이'는 '틈이 있는 곳마다 모조리'라는 뜻을 가지고 있습니다.

2 미어캣은 눈 주위가 선글라스를 낀 것처럼 검으며, 그로 인해 사막의 뜨거운 햇볕으로부터 눈을 보호할 수 있습니다.

3 미어캣의 특징을 잘 살펴 어울리는 별명을 지어 봅니다.

3주 93쪽

1 ① 2 ② 3 예 내가 철봉 체조 선수처럼 대롱대롱 매달리기를 잘하기 때문이야.

1 '안경원숭이'는 몸집에 비해 큰 눈 때문에, '개코원숭이'는 개처럼 길쭉한 코 때문에 붙은 이름입니다. '사막여우'는 사는 곳과 관련된 이름입니다.

2 '밀림'은 아주 더운 열대 지역에서 큰 나무들이 빽빽하게 들어선 깊은 숲을 말합니다.

3 긴팔원숭이와 철봉 체조 선수 사이의 공통점을 찾아 써 봅니다.

3주 95쪽

1 ③ 2 해설 참조 3 예 다람쥐야! 숲의 안쪽에서부터 차근차근 찾아봐. 그러면 네가 숨겨 놓은 도토리를 다 찾을 수 있을 거야.

2 보기 (물) (흙) 눈 (햇빛) 추위

3 물건을 찾거나 어떤 일을 잘 기억할 수 있는 방법을 떠올려 써 봅니다.

3주 97쪽

1 (1) 옹기종기 (2) 대롱대롱 (3) 모락모락 2 해설 참조 3 예 사람들만 온천욕을 하라는 법 있나? / 우리도 온천욕을 즐긴다고.

1 '대롱대롱'은 매달린 것이 가볍게 잇따라 흔들리는 모양, '옹기종기'는 크기가 다른 작은 것들이 고르지 않게 많이 모여 있는 모양, '모락모락'은 연기나 냄새, 김 따위가 계속 조금씩 피어오르는 모양을 말합니다.

2
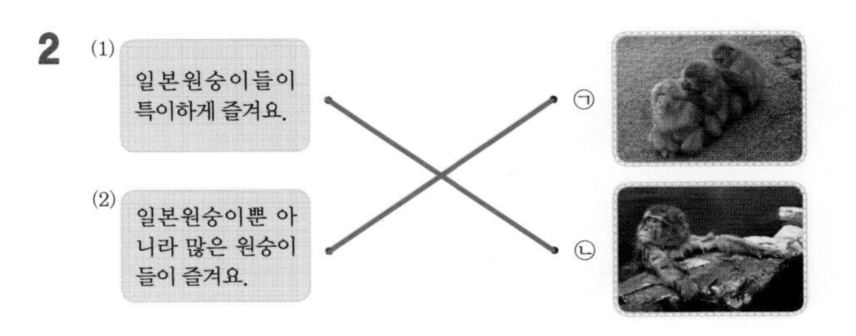

3주 99쪽

1 ③ 2 ③ 3 예 나는 멋지게 춤을 출 수 있습니다.

3 동물들이 제각기 남다른 특징을 가지고 있듯이, 내가 다른 사람보다 두드러지는 것, 더 잘할 수 있는 것은 무엇인지 생각해 봅니다.

3주 100~101쪽 되돌아봐요

1 (1) 4 (2) 1, 2, 3, 5, 6, 7, 8, 9, 10, 11 (3) 11 (4) 1, 2, 3, 4, 5, 6, 7, 8, 9, 10, 11 2 해설 참조 3 예 (1) 고양이의 털실 뭉치 굴리기 (2) 고양이는 사냥감을 가지고 노는 습성이 있습니다. 이때 앞발을 이용해 대상을 톡톡 치는데, 공을 사냥감으로 여기고 노는 것입니다.

2
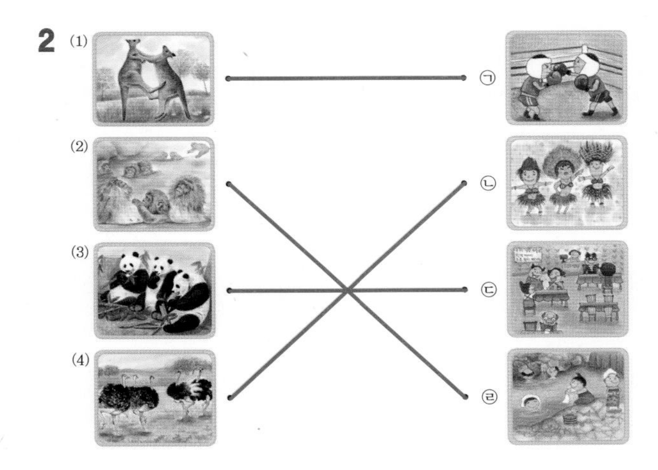

3주 103쪽 궁금해요

예 나는 기린이 되고 싶어요. 긴 목으로 높은 곳에서 세상을 보고 싶기 때문이에요.

3주 104~105쪽 내가 할래요

- 보기 참조

- 좋아하는 놀이를 통해 자신이 즐기며 할 수 있는 장래 희망을 생각해 봅니다.

4주 머리가 좋아지는 똑똑한 놀이

4주 107쪽 생각 톡톡

예 숨바꼭질 / 끝말잇기

4주 109쪽

1 (1) ○ (2) ○ (3) X 2 해설 참조 3 해설 참조

2 우리나라, 아프리카, 북아메리카, 남아메리카, 오세아니아에 ○표를 해 봅니다.

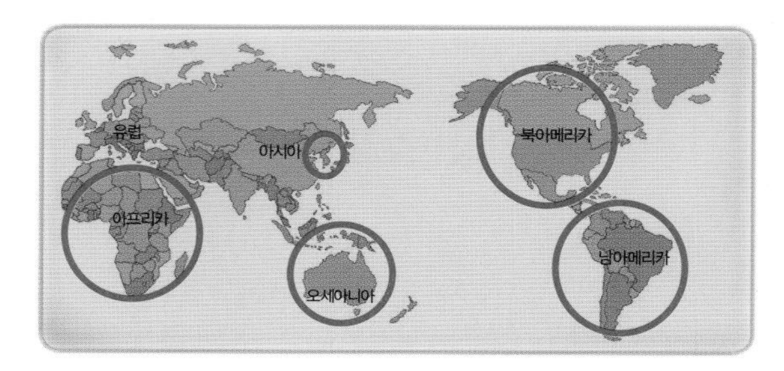

3 가족이나 친구와 함께 실뜨기를 해 본 다음 그림을 그려 봅니다.

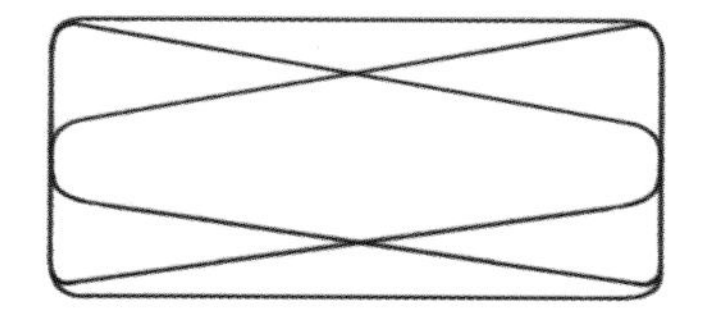

4주 111쪽

1 ③ 2 3, 2, 4, 1 3 (1) 개 (2) 토끼

1 칠교도는 정사각형의 나무판을 삼각형, 사각형, 평행 사변형의 나무 조각으로 자른 것입니다.

4주 113쪽

1 ① 2 ③ 3 해설 참조

3

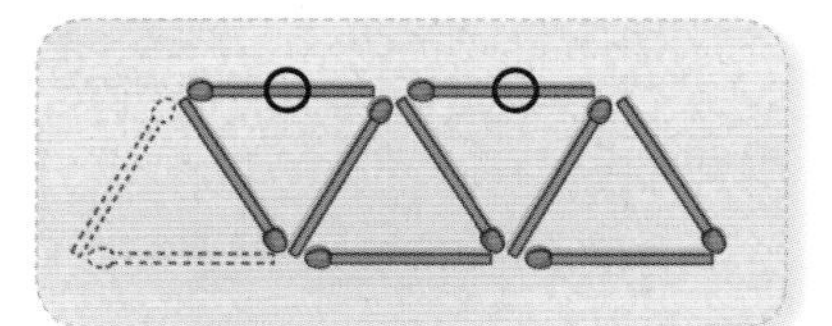

4주 114~115쪽

● 해설 참조 1 ② 2 해설 참조

●

	①의			②보
③인	형		④자	석
	⑤제	⑥비		상
⑦비		⑧행	⑨운	
⑩단	오		⑪전	쟁

2

①청	소	②기	
와		③차	④비
⑤대	⑥표		누
	⑦지	구	

4주 116~117쪽

● 해설 참조 1 해설 참조 2 해설 참조

●

●

1 채소  곤충 과일  학용품

2

4주 118~119쪽

● 해설 참조 1 ① 2 ① 3 해설 참조

●

3

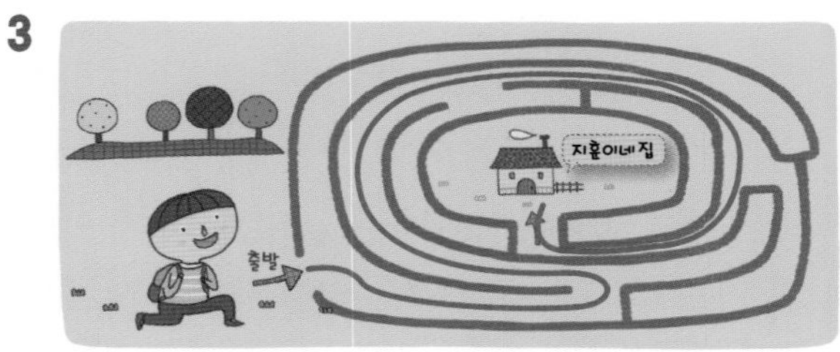

4주 121쪽

1 (1) 가로 (2) 세로 (3) 대각선 2 (1) 6 (2) 11 (3) 1 3 해설 참조

3 가로, 세로, 대각선으로 늘어선 수의 합이 15가 되도록 빈칸에 알맞은 수를 씁니다.

2	7	6
9	5	1
4	3	8

4주 123쪽

1 (1) ○ (2) X (3) ○ 2 ③ 3 해설 참조

3 가로줄과 세로줄에 같은 숫자끼리 겹치지 않도록 늘어놓습니다.

1	2	3
3	1	2
2	3	1

4주 125쪽

1 안데르센 2 해설 참조 3 해설 참조

2 (1) (2) ㉠ ㉡

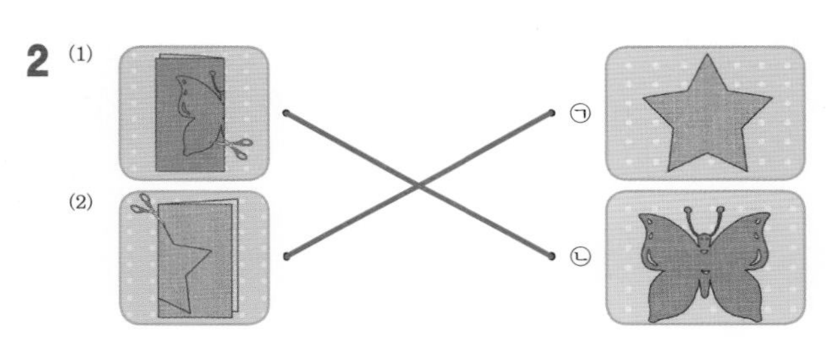

3 직접 종이에 그려서 오려 보고, 접은 면을 펴면 어떤 모양이 되는지 확인해 봅니다.

4주 127쪽

1 ① 2 ③ 3 예시 답안 생략

3 물고기를 접어 바다 그림판에 붙여 꾸며 봅니다.

4주 129쪽

1 (1) 오리 (2) 토끼 (3) 개 (4) 코끼리 2 ② 3 해설 참조

2 손그림자 놀이는 손전등으로 손을 비추어 벽에 그림자를 만들면서 노는 놀이입니다. 그림자를 만들 수 있는 것을 찾아봅니다.

3 손 모양에 따른 그림자 모양을 생각해 봅니다.

4주 131쪽

1 ③ 2 ② 3 해설 참조

1 새기는 면과 찍히는 면의 왼쪽과 오른쪽이 반대이기 때문에, 도장을 찍히는 모습과 반대로 새겨야 합니다.

2 도장은 오른쪽과 왼쪽이 서로 바뀌고 위아래는 바뀌지 않습니다.

3 눈 온 뒤에 찍힌 강아지 발자국처럼 재미있게 찍어 봅니다.

4주 132~133쪽 되돌아봐요

1 예 (1) ㉡, ㉢, ㉥, ㉦, ㉧ (2) ㉠, ㉨, ㉩, ㉪, ㉫ (3) ㉣, ㉪ (4) ㉡, ㉤, ㉨, ㉩, ㉪, ㉫ 2 예 나는 십자말풀이가 마음에 듭니다. 책 읽기를 좋아해서인지, 낱말 풀이를 보고 그에 맞는 낱말을 찾는 것이 참 재미있습니다. 3 예 아영아, 네가 스스로 표현력이 부족하다고 생각한다면 손그림자 놀이를 해 봐. 손으로 여러 가지 모양을 만들고, 이야기를 꾸미며 노는 사이에 재미를 느끼게 될 거야. 그리고 친구들 앞에서 하고 싶은 이야기를 하거나 자신의 생각을 몸이나 말로 표현하는 게 훨씬 쉬워질 거야. 그럼 안녕.
20○○년 ○○월 ○○일 세윤이

1 정해진 답은 없으며, 놀이 방법과 놀이에 쓰이는 재료를 떠올려 이 놀이를 통해 얻을 수 있는 것들을 생각해 봅니다.

3 추천하는 놀이가 아영이가 표현력을 기르는 데 도움이 되는지 생각하면서 써 봅니다.

4주 135쪽 궁금해요

수련회에 갔을 때 친구들과 강강술래를 해 보았습니다. 책이나 인터넷에서만 보다가 직접 해 보니 신기하기도 하고, 친구들과 손을 잡고 빙글빙글 도는 것이 무척 재미있고 신이 났습니다.

4주 136~137쪽 내가 할래요

● 보기 참조

● 친구들과 같이 하고 싶은 놀이를 정하고, 여러분이 생각하는 놀이의 좋은 점, 효과, 특징 등이 잘 드러나는 제목을 붙여 봅니다. 광고의 가장 중요한 목적은 그것을 본 사람의 마음을 움직여 물건을 사게 하거나, 어떤 일을 하고 싶게 만드는 것입니다.

5권 구매 등록마다 선물이 팡팡!

세토 시리즈 래빗 포인트

★★ 래빗 포인트 적립하기

포인트 번호

8G46-183G-W3BF-3B47

1 래빗 포인트란?

NE능률 세토 시리즈 교재 구매 시 혜택을 드리는 포인트 제도입니다.
1권 당 1P가 적립되며, 5P 적립마다 경품으로 교환 가능합니다.
(시리즈 3종 포함 시 추가 경품 증정)

2 포인트 적립 방법

1 세토 시리즈 교재 구입
2 래빗 포인트 적립 페이지 접속 (QR코드 스캔)
3 NE능률 통합회원 로그인
4 포인트 번호 16자리 입력

3 포인트 적립 교재

- 세 마리 토끼 잡는 독서 논술
- 세 마리 토끼 잡는 초등 독해력
- 세 마리 토끼 잡는 급수 한자
- 세 마리 토끼 잡는 초등 어휘
- 세 마리 토끼 잡는 역사 탐험
- 세 마리 토끼 잡는 초등 한국사
- 세 마리 토끼 잡는 쓰기

★ 포인트 유의사항 ★

- 이름, 단계가 같은 교재의 래빗 포인트는 1회만 적립 가능하며, 포인트 유효기간은 적립일로부터 1년입니다.
- 부당한 방법으로 래빗 포인트를 적립한 경우 해당 포인트의 적립을 철회하고 서비스 이용을 제한할 수 있습니다.
- 래빗 포인트에 관한 자세한 사항은 래빗 포인트 적립 페이지 맨 하단을 참고해주세요.

NE 능률